くろねこカフェのおやつ

泣きたい夜のマロングラッセ

JN066624

高橋由太

角川文庫
24171

目次

Kuroneko Cafe no
Oyatsu

主な登場人物

谷《や》中《なか》風《ふう》花《か》

父が経営していた葬儀会社「メモリアルホール谷中」を受け継ぎ社長となった。社長としての自分のふがいなさに悩んでいる。

黒猫のハルカ

風花と景が幼い頃にともに過ごした黒猫。「くろねこカフェ」の名前の由来でもある。

谷《や》中《なか》景《けい》

風花の兄で寡黙な青年。料理が得意で、母が営業していた「くろねこカフェ」を引き継ぐ。

イラスト／げみ

「くろねこカフェ」の関係者

的《ま》場《ば》

「メモリアルホール谷中」の従業員。景の幼馴染みで同級生。仕事ができる頼れる存在。

岩《いわ》清《し》水《みず》

前社長の時代から勤めているベテラン社員。前時代的な思考の持ち主で、風花と折り合いが悪い。

山《やま》田《だ》航《こう》太《た》

以前「くろねこのおやつ」を契約しようとした小学三年生の男の子。それをきっかけに、カフェの手伝いをするように。

Kuroneko Cafe no Oyatsu

プロローグ

十月も中旬だというのに、桜が咲いている。派手に咲いているわけではないが、桜であることに変わりはない。薄紅色の花びらが、二十四歳の谷中風花《やなかふうか》の目に映っていた。

秋がなくなってしまったみたいに暑いのは確かだけれど、桜が咲いているのは異常気象のせいではなかった。たまたま咲いているわけでもなく、この季節にも美しく咲く桜が存在しているのだ。

十月桜。

あるいは、「四季桜」と呼ばれる桜で、十月ごろから開花し始め、春まで少しずつ咲く。その歴史は古く、江戸《えど》時代にはすでに存在していたという。

会社に置いてある広辞苑《こうじえん》にも「四季桜」は載っていて、「ヒガンザクラの一品種。小木で枝は細く、花は小形で白色または淡紅色、多少八重となる」と説明されているが、まさにその通りの桜木が窓の外にあった。

「少しずつ咲くっていうのがいいだろ？」

そう言ったのは風花の父だ。葬儀店『メモリアルホール谷中』の創業者であり、前社長にして、十月桜を会社の敷地に植えた張本人でもある。

仕事の合間を縫うようにして、自分の席から十月桜を眺めている父の姿が、今も脳裏に浮かぶ。遠い目をして窓の外を眺めていた。

昔のことを思い出していたのかもしれないし、単に老眼で疲れやすくなった目を休めていただけかもしれない。

目を閉じると、家族みんなで暮らした日々が、まぶたの裏側に浮かぶ。今となっては、遠い昔の記憶みたいに思える風景がそこにあった。

父と母、兄の景《けい》、風花、黒猫のハルカの五にんで暮らしていたのは、ほんの十年前のことだ。最初に思い出すのは、小さなハルカの鳴き声だ。

「にゃあ」

面倒くさそうに鳴く猫だった。特に風花が話しかけると、そんなふうに鳴くことが多かった。でも嫌われてはいなかったと思う。

ハルカは、風花を年下の家族――自分の妹だか娘だかだと思い込んでいる節があった。いつだって、寄り添うように一緒にいてくれた。落ち込んでいると、もふもふの小さな身体を擦りつけてきてくれたし、寝るときも一緒だった。幸せだった。ハルカがいれば寂しくなかった。

けれど、風花が中学校を卒業する前に死んでしまった。風花より年上で、当時すでに十八歳をすぎていたから寿命だったのかもしれないけれど、納得できるはずはない。風花は泣きじゃくった。涙が止まらなかった。涙を流せば流すほど、いっそう悲しくなった。

こんなに悲しいのに、こんなに落ち込んでいるのに、こんなに泣いているのに、もうハルカは風花を慰めてくれない。もふもふの小さな身体を擦りつけてくることも、一緒に眠ることもない。面倒くさそうに鳴くこともない。

この世界からハルカは出ていってしまった。風花の暮らしている世界から消えてしまったのだった。

生きることは、失い続けることだ。風花の世界から出ていったのは、ハルカだけではなかった。

風花が大人になるのを待っていたかのように、両親が交通事故に巻き込まれて死んでしまった。まだ、その傷は癒《い》えていない。きっと、風花が死ぬまで癒えることはないだろう。

五にん家族は、二人になった。でも、それで終わりではなかった。困難は続いた。

兄の景が重い病気になり、手術をした。成功率の低い手術だった。兄はどうにか一命を取り留めたけれど、完全に治ることはないという。兄ははっきりと言わなかったが、後遺症も残ったようだ。兄はいつ破裂するかわからない爆弾を抱えて、母のやっていたカフェで働いている。

父の死後、風花は葬儀会社を継いだ。いきなり社長になったのだった。半人前だが、がんばっているつもりだ。かなり、がんばっていると自分では思う。

今日、風花は会社に一人でいる。まだ午後五時前だが、他に誰もいない。この状態は、珍しいことではなかった。小さな会社なので、もともと従業員は少なく、しかも外に出ることが多い。

社長と言ってもふんぞり返っているわけにはいかず、書類の整理をしながら電話番をしていた。葬儀会社では、電話番は重要な仕事だ。人は突然死ぬものだから、電話も突然かかってくる。真夜中や早朝に呼び出されることも珍しくなかった。

この日は、電話がなかった。飛び込みの客もいない。事務仕事を粛々と進めるべきだが、どうしても集中できなかった。原因は、はっきりしている。あの男——岩清水《いわしみず》のせいだ。

岩清水は、メモリアルホール谷中のベテラン社員である。父がこの会社を作ったときから在籍していて、そろそろ五十歳になろうかという男だ。薄くなりかけた髪の毛を無理やりに七三に分けて、整髪料で撫《な》でつけている。分厚いレンズの眼鏡をかけていて、鶏ガラのように痩《や》せている。

いかにも神経質そうで、誤解を恐れずに言うと、一昔前のサラリーマンのドラマに嫌われ役で出てきそうな容貌《ようぼう》の持ち主であった。嫌みな経理か銀行マンという役どころだ。

男は顔じゃないと言うし、風花もそう思うが、岩清水は性格も終わっている。どうしようもなく意地が悪い。性根が歪《ゆが》んでいる。

この男に「お嬢さんには、この仕事は無理だったんじゃないですかねえ」と何度言われたかわからない。

この令和《れいわ》の時代に、お嬢さん呼ばわりはあり得ない。一事が万事この調子で、風花を軽んじていた。

風花をバカにして社長扱いしていないところは、まだ許せる。一万歩くらい譲る必要はあるが、わからなくもない。風花の望んだことではないにしろ、社長の娘というだけで跡を継いだのだから、古株の社員として面白くないのは理解できる。

「わたしは、いいのよ。何を言われたって平気だから」風花は、嘘をついた。

腸《はらわた》が煮えくり返っていて平気ではなかったけれど、とりあえず、そういうことにして話を進める。

「アルバイトが居着かないじゃない。どうするつもりよ？　人が足りないって、わかってないの？」目の前にいない男を詰問した。

介護の現場での人手不足がニュースになるが、葬儀業界も万年人手不足だった。いろいろな意味で、ブラックなイメージがあるせいか敬遠されていた。いや、それだと主語が大きすぎるか。

他社のことは知らないけれど、メモリアルホール谷中は確実に避けられていた。その証拠に、正社員を募集しても応募がなかった。アルバイトについては言わずもがなである。

大手の葬儀会社に比べて時給が安いせいもあるだろうが、この状態が続けば、業務が滞り葬式もできなくなる。現時点でも、シフトのやりくりに苦労していた。

それなのに、岩清水はアルバイトを辞めさせてしまう。せっかく応募してきてくれたアルバイトを大切にしないのだ。岩清水に注意されたらしく、アルバイト初日で辞める者もいた。一ヶ月以上勤める者は稀《まれ》だった。

新人教育を含めた人事は、岩清水の仕事だ。風花はタッチしていないし、外に出ていることも多い。どんなふうにアルバイトと接しているのか、すべてを見ているわけではないが、岩清水のことだから言葉に棘《とげ》があるのだろう。どうでもいいことに嫌みを言って、キツく当たっている姿を容易に想像できる。

想像だけではない。葬式に三十分も遅刻してきたアルバイトを冷たくあしらってい
る場面を見たことがある。「やる気がないのなら、無理しなくてもいいんですよ」と
言葉だけ丁寧に嫌みを言っていた。

確かに遅刻はよくないが、誰だってミスはする。寝坊してしまうときだってあるだ
ろう。ましてや、このときのアルバイトは大学生だった。

もう少し長い目で見てもいいのでは、と風花は岩清水にやんわりと言った。だが岩
清水の返事は素っ気なく、しかも嫌みだった。

「無理しなくていい、と言っただけです。やる気のない人にいられても迷惑ですから
ねえ」

また、こうも言った。

「人は一度しか死なないんですよ。だから葬式も一度だけ。そこで、ミスは許されま
せん」

正論ではあるが、ストレートすぎる。実際、そのアルバイトは岩清水に注意された
三十分後に辞めていった。恨めしそうな顔をしていた記憶があった。

こんな真似をしていたら、そのうちネットに晒《さら》される。そう思い、風花は震え上が
った。だって、洒落《しゃれ》にならない。あり得そうなことだった。むしろ今までSNSで話

題になっていないのが、不思議なほどだ。

スマホを使えば、岩清水の嫌み――もっと言えば、パワハラ発言を簡単に録音できる。動画を撮ることだって難しくないだろう。

それをSNSに投稿されて炎上でもした日には、会社そのものが潰《つぶ》れかねない。潰れるまでいかなくても、デジタルタトゥーとして永遠に悪事の記録が残る。

「……それ、まずいから」

そんなことで後世に名前を残したくない。自分のことはともかく、良心的な葬儀会社を作ろうと生涯をかけた父に顔向けができない。

いっそう仕事が手に付かなくなった。パワハラは法律にかかわる問題だから、SNSに晒される前に、弁護士に相談すべきだろうか？

しかし弁護士に心当たりはなく、誰でもいいと言うわけにはいかない。まずは信頼できる弁護士をさがすところから始めなければならない。

もちろん風花の一存で弁護士に依頼するのも躊躇《ためら》われた。それなりに費用がかかることなので、社員たちの意見を聞くべきだろう。社長だろうと、創業者の娘だろうと、勝手な真似はできない。

また、大声では言えないことだが、大事《おおごと》にしたくないという後ろ向きな気持ちもあった。できれば内部で処理したい。

「どうしよう……」

頭を抱えていると、外回りに出ていた社員の一人——的場《まとば》が帰ってきた。

「お疲れ」

たいして疲れた様子もなく、そう言った。彼は、艶《つや》のある黒い髪の毛をオールバックに撫でつけ、ハイブランドの丸い眼鏡をかけた二枚目だ。この眼鏡は、ときどきサングラスに変わる。

簡単に言うと、映画に出てくるチャイニーズマフィアのような容貌で、いわゆる強《こわ》面《もて》の男子だ。

でも仕事は抜群にできる。若手のエースとして現場をほとんど一人で回していた。的場がいなかったら、きっとメモリアルホール谷中は潰れている。風花の父の死後、会社を支えたのは彼だ。

さらに付け加えると、兄の同級生で、風花より二歳年上だった。景の幼馴染《おさななじ》みでもあり、子どものころからよく知っていて、遊んでもらった。

だから、お互いに話し方も砕けている。風花は的場を年上扱いしないし、的場は風花を社長扱いしない。周囲の人間も、二人が旧知の仲だということを知っている。

仕事で問題が起こったときに、相談できるのは的場しかいない。兄もいるが、生きるか死ぬかの病気をしたばかりでもあるし、人間関係の相談をしても無駄だろう。きっと正論しか言わない。何なら風花に説教を始めそうだ。きょうだいは、意外に距離があるものだ。

風花は、的場が席に座るのを待って切り出した。

「相談があるの」

「相談？　何だ？」

「岩清水さんのことだけど――」

新入社員へのパワハラ疑惑の説明をした。岩清水のせいでアルバイトが辞めているのではないか、と自分の考えを話した。アルバイトが葬式に遅刻した一件は、的場も知っている。

「どう思う？」風花は問う。

「どうも思わん」的場は答える。

風花は殺意をおぼえた。この返事はあんまりだし、的場が適当に答えたように思えたからだ。

気づいたときには、拳《こぶし》を固めていた。暴力は嫌いだが、兄に「脳筋」「体育会系の悪いところが出ている」と揶揄《やゆ》された性格は直らない。

的場はそんな風花の殺意と固めた拳に気づいたらしく、やや早口に言葉を付け加えた。

「アルバイトや新入社員の研修は、おれが入社するずっと前から岩清水さんが担当している。おれも世話になった」

自分の耳を疑った。こんな腑抜《ふぬ》けた返事が、的場の口から出てくるとは思わなかった。

ずっと前から担当しているから何だ？

それがどうした？

世話になったから、パワハラを見逃せというのか？

腹が立つより、どっと疲れた。いろいろなものを投げ出したくなる。失望のあまり肩を落としていると、的場が続けた。

「心配しなくても大丈夫だ。岩清水さんはベテランで、仕事をわかっている。間違いない人だ」

どうも話が嚙《か》み合っていない。パワハラが問題だという意識が低いのだろう。また、的場は優秀で、腕っ節も強そうだから、威圧的な人間に悩まされた経験がないのかもしれない。パワハラをやるような人間は、自分よりも強い者にはしっぽを振るものだというから。

「現実に、アルバイトが辞めているんだけど」ちっとも大丈夫じゃないから、と風花は指摘する。

「昔からこんなものだ」

的場はふたたび適当な感じで返事をし、さっき座ったばかりの椅子から立ち上がった。

いつの間にやら、帰り支度を終えている。風花の相談を適当に聞き流しながら、荷物をまとめていたようだ。もともと荷物の少ない男だということもあって、風花は、的場が帰ろうとしているのに気づかなかった。

「それじゃあ、お先に」

的場は歩き始めようとする。もう、こっちを見ていない。さっさと帰る気いっぱいであった。

相談途中で帰ろうとするのは、あんまりだ。文句を言ってやりたいところだけど、彼の勤務時間は終わっている。

ここで呼び止めたら残業――見方によってはサービス残業を強いることになってしまう。「なるべく残業をしないように」と社員に言ったばかりである。社長として止めることはできない。

黙って見送っていると、的場がふいに言った。

「これから約束があるんだ」

別に聞いていない。わざと匂わせているようにも感じた。なぜ、こんなことを言うのだろう？

わからなかった。風花が首を傾げているあいだも的場は歩き続け、やがて出入り口の前まで行った。

「そんなわけで急ぐんでな」

何がそんなわけだ、と思いはしたが、文句を言わずに見送ることにした。取って付けた口調にならないように気をつけながら無理やり笑顔を作り、「お疲れさまでした」と風花は言った。

さっさと帰ってほしい。笑顔を作った頬が攣《つ》りそうだったからだ。それなのに、的場は足を止めた。

「言い忘れたことがあった」

思い直して、風花の相談に乗ってくれる気になったのかと期待したけれど、そんな都合のいい話はなかった。

「景も一緒に出かける。たぶん遅くなる」的場は言った。

ここで兄の名前が出るとは思わなかった。作り笑顔を保つことも忘れ、風花は聞き返す。

「え？　景兄も一緒？」

「そうだ。むしろ、あいつが主役だ」

「主役?」

何の話だろうと思いながら、最近、兄がアンバーの色眼鏡をかけていることを思い出した。

猫の目を思わせる茶色のお洒落《しゃれ》眼鏡は似合っているけれど、カフェの店主としてはどうだ?　チャラくはないが、どことなくモデル気取りに見える。眼鏡店の広告やポスターに出てきそうだ。

景は文化系の二枚目だった。運動しないくせにスタイルもいい。同じく二枚目の的場と並ぶと、妹の口からは言いにくいが絵になった。

「楽しんでくるからな」

的場は言い、メモリアルホール谷中から出ていった。開いた扉の向こう側では、十年桜が咲いている。風も吹いていないのに、薄紅色の花びらがひらりと落ちた。

その扉が閉まるより、的場が消えるほうが早かった。どことなく、いそいそとした足取りだった。

「楽しそうで何より」

誰もいなくなった事務所でそう呟《つぶや》き、風花は海より深いため息をついた。自分だけが不幸な気がした。

第一話

独りぼっちの楽《らっ》花《か》生《せい》パイ

どうして、自分は生まれてきたんだろう？

いや、それ以上に、こうして生きている意味がわからない。どうして、生きているんだろう？

自分の意思で生まれてきたわけではないが、自分の意思で死ぬことはできる。人生に絶望した時点で、死ぬことだってできた。人間の身体は弱く、その気になれば数秒で命を消すことができる。

それなのに生きている。

死のうとは思わない。

誰の役にも立っていないのに、無駄に酸素を吸うだけの社会のお荷物なのに、みじめったらしく生きている。ただ何となく生き続けている。こうして生き恥をさらしている。

奥寺由美香《おくでらゆみか》は、今年四十二歳になった。世間では高齢化が急速に進み、四十代どころか五十代のアイドルがいる時代だが、一般人で四十二歳は若いとは言えないだろう。同級生の中には、結婚してできた子どもがすでに成人している者までいる。

だが由美香は独身だった。恋人も友達もいない。そして仕事もしていなかった。最近、仕事を辞めたわけではない。

——無職のひきこもり。

ずっと、その状態だ。職歴はなく、アルバイトさえしたことがない。今は、母親の給料と年金に頼って生きている。

つまり、年老いた母親に養ってもらっている。ネットを眺めているだけで、一日が終わることも珍しくない生活を送っていた。

真偽のわからない余計な知識ばかりをため込み、生産性はまるでない。無駄に理屈っぽくなっただけだ。

そういう人間は少なくない、とネットニュースに書いてあった。中高年者のひきこもりは多いらしい。

由美香も、その一人だ。専門学校に行って勉強する意欲もなければ、ＹｏｕＴｕｂｅなどのＳＮＳを利用して稼ごうと思ったこともない。そもそもアカウントを作っていなかった。

「デブは何やったって笑われるだけだから」

由美香は、口癖のように呟く。呟くたびに自分の言葉に傷つくが、言わずにはいられない。

あの日あの瞬間まで、由美香は自分が太っているとは思っていなかった。子どものころから背が高くて骨太だったから、華奢《きゃしゃ》とは言えないだろうけれど、体脂肪率は標準だし、運動も得意だった。運動会や体育祭ではリレーの選手に選ばれたし、柔道を習っていたから力も強い。

モテたとは言わないまでも、バカにされるような容姿ではないと思っていた。人並みに同級生の男子に片思いをして、仲間内で騒いでいたくらいだ。いつか告白するかされるかして、異性と恋人同士になる日が訪れると信じていた。

そんな日常が、あの言葉を聞いた瞬間に崩れた。忘れもしない中学校三年生のときのことだ。

由美香ちゃんって、お相撲さんみたいだよね。

どうでもいい人間や仲の悪い子が言ったのなら、たぶん聞き流していただろう。当時は、男子を含めて口汚い人間はたくさんいたから。

だが、そう言ったのは幼稚園時代からの友達だった。親友だと思っていた女の子の言葉だった。

しかも直接言われたのではなく、陰口を叩《たた》くのを聞いてしまった。由美香は、学校のトイレの個室でその言葉を聞いた。

デブのくせに調子に乗ってるよね。

うん。うざいよね。

その場にいない人間の悪口を言うのは、遊びみたいなものだ。中学生にもなれば、それくらいのことはわかる。

誰だって悪口の一つや二つは言う。けれど親友だと思っていた女の子に言われるのは、ショックだった。

個室から飛び出して、彼女を怒鳴りつけてやればよかった。先生に叱られるだろうけど、殴ってもよかったのかもしれない。少なくとも本気で怒るべきだった。けれど、できなかった。腹が立つより怖くなったからだ。

あんなに仲のよかった友達さえ由美香をバカにしているのだから、他の人たちも嗤《わら》っているに決まっている。陰で悪口を言っているに決まっている。デブと言っているに決まっている。そう思うと、自分の容姿が急に醜く思えた。

身体測定で肥満だと指摘されたことはないけれど、骨太で身長が高い分、確かに体重は重い。

また、当たり前かもしれないが、テレビや雑誌に出てくるアイドルやモデルよりウエストが太かった。ものすごく太っているように見える。

それから、他人の目が怖くなった。思春期だったということもあっただろうが、誰にとっても容姿をバカにされるのは辛《つら》いことだ。お相撲さんみたいと言われて、喜ぶ女子中学生はいない。トイレで親友だと思っていた人間に陰口を叩かれて、嫌な気持ちにならない者はいないだろう。

人は些細《ささい》なきっかけで躓《つまず》き、立ち上がれなくなる。人は空を飛べないが、何かから落ちることはできる。由美香は躓き、いろいろなものから転げ落ちた。

一度でも落ちてしまったら、そこから這《は》い上がることは難しい。それこそ、空を飛べと言われているようなものだ。這い上がることのできる人間もいるだろうが、由美香は空を飛べない。

ネットで情報を得るようになった今なら、相撲取りが太っている人間ばかりでないことを知っている。体脂肪率の低い力士は少なからず存在しているし、一般の人だって見かけほど体脂肪率の高くない人は多い。

それ以前の話として、今になって思うとクラスメート全員がたいした見かけではなかった。よくて普通程度なのに、なぜか他人の容姿をあれこれ言う輩《やから》が多かった。今では考えられないことだ。

由美香が中学生のときには、太っているほうが悪いという風潮すらあった。由美香自身、教師に「千代《ちよ》の富士《ふじ》に似てるな」と言われたくらいだ。

「千代の富士さん、カッコいいじゃない」

大人になった今ではそう思うし、もしかすると悪口ではなかったのかもしれないが、女子中学生が相撲取りにたとえられたら嫌な気持ちになるのは当たり前だ。ましてやクラスメートの前で言われたのだから。

その教師は当然として、陰口を叩いた友達とも連絡は取っていない。お互いに地元の人間なので見かけることはあるが、徹底的に無視して気づかないふりをしている。話しかけられそうになったこともあったけれど、由美香は目を合わせなかった。

それでも目に入るし、噂も耳にする。彼女は結婚をして、すっかり太っていた。たっぷりと脂肪を蓄えていて、二人の子どもを連れて幸せそうだった。昼間だけ近所のドラッグストアでパートをしている。

自分の言葉が由美香を傷つけたと知らないまま、のうのうと生きていくんだろう。それどころか陰口を叩いたこと自体、忘れてしまっているのかもしれない。

「幸せな人生ね」

皮肉でなくそう思った。過去の自分に責任を取らず忘れてしまえることは、この生きにくい世界で幸せになれる唯一の方法なのかもしれない。理解力の低い人間が、口《くち》喧嘩《げんか》で負けないことに似ている。

でも本人が幸せなら、それでいいと思う。忘れてしまえるのなら、忘れてしまったほうがいい。


一方、過去の傷を忘れることのできない由美香の人生は、お粗末そのものだ。四十二年も生きているけれど、その気になれば一分もかからずに回想を終えることができる。


高校は辛うじて卒業した。保健室登校や補習を受けて、どうにか高卒の資格を取ることができた。

就職しようと採用試験も受けたが、落ちてしまった。面接のときに、会社の人間に容姿を嗤われた気がした。由美香はここでも傷つき、他の会社の入社試験を受ける気力はなくなった。

そのあとは、空白の時間が続いている。十八歳から四十二歳のあいだ、履歴書に書けるようなことは何もしていない。社会的に意味のあることをしていなかった。

ただ、ずっと部屋にいたわけではない。ひきこもりというと、部屋から一歩も出ないイメージがあるかもしれないが、それは例外で、たいていの人は外に出られる。コンビニで買い物くらいはできる人間がほとんどだ。夜になるのを待って、町を徘徊《はいかい》するひきこもりは少なくないという。

由美香も他人と話すことは苦手だが、買い物には行ける。書店にも行くし、毎日の食事の買い物にも行く。スーパーやコンビニなどでは、最近、セルフレジが増えたので、他人と関わらずに買い物ができる。ネット通販も、置き配で届けてもらえる。配達員とさえ会う必要がないのだから、いい時代になったと思う。

また、虚弱ではない。病気にならないように、室内で筋トレやストレッチもするし、ウォーキングやジョギング、散歩にも出かける。ひきこもる前よりも、体力はあるのではなかろうか。同世代の女性よりも筋肉量は多いと思う。

しかし、いくら身体を鍛えても、心は強くならなかった。心に突き刺さった棘《とげ》を抜くことはできない。中学生のときに受けた傷は癒《い》えない。

そんな由美香の家には、お父さんがいない。由美香が物心付く前に、交通事故で死んでしまった。

どうにか暮らしてはいけているけれど、決して裕福ではない。だから本当だったら働かなければいけないのに、ひきこもっている。一円も稼ぐことなく、自分の部屋にいる。

何度か働こうとしたことはあるが、そのたびに足が竦《すく》んだ。怖くてどうしようもなくなって、泣き出してしまったこともある。アルバイト募集に問い合わせようとするだけで、ぽろぽろと涙があふれたのだ。

太っていると言われたらどうしよう。また笑われたらどうしよう。そんなふうに考えてしまう。

「無理しなくていいからね」

泣きじゃくっている由美香に向かって、お母さんは言った。お母さんは優しくて、子どものころから叱られた記憶がなかった。いつだって由美香の味方をしてくれる。この世でたった一人の味方だ。

お母さんは、民間の介護施設で正社員として働いている。介護福祉士の資格を持っているので、給料は悪くない。雇い主から信頼されているらしく、定年退職後も、再雇用という形で働き続けている。

「年寄りが年寄りの世話をしてるって言われるけど、なかなか若い人が入って来ないのよ」と言い訳するみたいに言っていた。ニュースでやっていたように、介護職は人手不足みたいだ。

お母さんが勤めているのは民間の介護施設だから、定年退職もあってないようなものらしい。

「健康なかぎり、何歳になっても働いていいそうよ」と働くことのできない由美香を安心させるように言った。

年老いた母親を働かせることに情けない気持ちになる一方で、ほっとしている自分がいた。部屋にいることを許された気持ちになるのだった。

いつのころからか、『8050問題』という言葉が目につくようになった。八十代の親が、五十代の我が子の世話をしている状態のことだ。子どもの生活を支えるために経済的にも精神的にも強い負担を強いられる、とネットに書いてあった。

「強い負担……。そうだよね……」

パソコンの画面を見ながら、由美香はそう呟《つぶや》いた。そうだよね、そうだよね、と繰り返す。負担になるに決まっている。

自分は四十二歳で、お母さんは七十歳になった。いずれ由美香は五十二歳になって、お母さんも八十歳になる。

今は介護施設で重宝がられているとはいうものの、いつ身体の調子が悪くなるかわからない。体力が必要な仕事なのだから、年を追うごとに厳しくなるはずだ。

お母さんのほうが、介護施設勤めを嫌がる可能性だってある。「年下の入居者が増えてるのよ」とため息交じりに言っていたくらいだから、本当は仕事を辞めたいのかもしれない。

お母さんが介護施設を辞めた場合、我が家の収入は、お母さんがもらっている年金だけになる。幸いなことに一軒家で暮らしていて、家賃を払う必要はない。

だけど、やっぱり年金だけでは心許《こころもと》なかった。社会保険料や税金、物価は上がる一方だし、病気になればさらに出費がかさむ。台風や大地震に備えて、家の修繕だってしなければならない。

年金なんて、あっという間になくなってしまう。生活保護の支給額より安いと揶揄《やゆ》されることがある程度しかもらえないのだから。

もちろん、年金をもらっているのはお母さんで、由美香がそれを当てにするのは間違っている。

そこまでわかっていながら、現実から目を逸《そ》らし続けていた。やがて訪れるであろう明日のことを考えるのが怖くて、見ないふりをしていた。

だが見ないようにしていても、黒い影は近づいてくる。人は、その影から逃れることはできない。

生きているかぎり、いずれその瞬間が訪れる。生きているものの宿命がある。わかっていたけれど、わかっていなかった。

暑い夏が、ようやく終わったころのことだ。暦は、十月の中旬に差しかかっていた。

寒暖差が大きく、誰もが体調を崩しがちなころでもあった。

その上、台風の影響で低気圧が来ている。由美香は低気圧に弱くて、朝から調子が悪かった。

起き上がることができず、「お腹痛い……。気持ち悪い……。頭が痛い……」と布団の中で呻《うめ》いていた。

でも、お母さんには言っていない。心配をかけたくなかったからだ。天気痛は薬を飲んでも治らないことが多く、言ったところで仕方がないという気持ちもあった。

ひきこもっていると、どうしても生活が不規則になる。昼夜が逆転することも珍しくないから、朝食のときに由美香がダイニングに顔を出さなくても、お母さんはそんなに気にしない。由美香のために作ってくれた朝食を冷蔵庫に入れて、仕事に行く。

ただ、声はかけてくれる。この日も、部屋の前の廊下から由美香に言った。

「それじゃあ、行ってくるわね」

——わたしは、お母さんに何て答えただろう？

記憶が抜け落ちていた。無視をすることはないと思うが、ちゃんと返事もしなかった気がする。毎日のように繰り返される当たり前の日常だったからだ。そんな当たり前のことが幸せだったと気づくのは、いつだって終わったあとだ。

「うん……」

たぶん、そう生返事をした。最後の会話になるとも思わず、ベッドに寝転がったまま生返事をした。

お母さんの顔は見なかった。

○

その三十分後、出勤途中のバスの中で、お母さんは心筋梗塞《しんきんこうそく》を起こして倒れた。救急車で病院に運ばれたが、間に合わなかった。由美香が駆けつけたときには、もう冷たくなっていた。眠っているみたいに目を閉じていた。

「誰の身にも起こり得ることです」

何が起こったのか説明したあとで、病院の先生はそう言ったけれど、誰の身にも起こり得るのなら、由美香に起こってほしかった。

死ぬのは怖いが、お母さんが死ぬよりはいい。役に立たない自分が死んだほうがいい。この世からいなくなるべきなのは、無職の自分だ。

由美香は泣いた。自分のせいで、お母さんに無理をさせていたことを詫《わ》びながら、

「ごめんなさい、ごめんなさい……」と泣き続けた。

親孝行をしたかった。自分で稼いだお金で、ごはんをご馳走《ちそう》したかった。一緒に出かけたかった。もっと、たくさん話をしたかった。

もう一度だけでいいから、お母さんの声を聞きたい——。

永遠に悲しみに浸っていることは許されない。病院は生きている人間のためにあるものだから、お母さんを運び出さなければならなかった。普通は葬儀店に相談するらしい。

もちろん、葬式をあげなければならないことはわかっていたけれど、知っている葬儀店なんてなかった。親戚《しんせき》付き合いもないので、相談する相手もいない。

どうすればいいのかわからず途方に暮れていると、病院の職員が言ってきた。

「こちらで葬儀店を紹介することもできますが」

助け船のように思えた。お願いします、と由美香が答えかけたとき、口を挟んだ女性がいた。

「八重《やえ》さんは、生前予約をしていましたよ」

磯貝育子《いそがいいくこ》という人だ。お母さんの勤め先だった介護施設の理事長で、この病院に駆けつけてくれていた。通勤バスにお母さんの同僚が乗っていたらしく、事情も知っていた。

磯貝さんの年齢はよくわからないけれど、お母さんより少し年上に見える。七十五歳くらいだろうか。

ずっと黙っていたから存在を忘れかけていたが、彼女の目には涙が光っている。お母さんの死を悲しんでくれている、とわかった。由美香の邪魔をしないように口を閉じていたんだろう。

「生前予約……ですか？　それはいったい……」

由美香は聞き返す。ネットで見たことがあるような気がするが、動揺していることもあって思い出せなかった。

「元気なうちに、自分の葬式を頼んでおくことですよ」磯貝さんは教えてくれる。

「そんな……。生きているうちに葬式を頼んでおくなんて……」由美香はショックを受ける。

言葉が途切れた。由美香が頼りないので、自分の葬式の準備までしていたに違いない。だから、相談どころか、そのことを教えてくれなかったんだ。四十二歳にもなって、このざまだ。

お母さんに申し訳なくて、自分が情けなくて唇を噛《か》んでいると、磯貝さんが慰めるように言った。

「八重さんは、あなたに迷惑をかけたくなかったんですよ」

「迷惑だなんて――」

また、言葉に詰まった。迷惑というか、由美香に葬式の手配はできないと思っていたのかもしれない。

実際に葬式をどう出していいのかわからずに、途方に暮れている。きっと、お母さんはこうなることを予想していたのだろう。磯貝さんも、由美香がひきこもりだと知っているようだ。

「八重さんの身に何かあったときは、わたしが葬儀店に連絡することになっています。そう約束したの。今から葬儀店に電話してもいいかしら？」と確認するように聞いてきた。

「……お願いします」

由美香は頭を下げた。自分では何もできないのだから、磯貝さんにお願いするしかなかった。四十二歳のひきこもりは、死んでしまったお母さんを供養する方法もわからない。

○

葬式は簡単に終わった。由美香が喪主ということになったが、実際に動いたのは葬儀会社の人たちだった。由美香はただ泣いていただけで、喪主としての挨拶《あいさつ》も上手にできなかった。

親戚や近所の人たちが来てくれたが、それ以上に心強かったのは、磯貝さんや介護施設の職員、そして、入居者たちが手伝いに来てくれたことだ。ほとんど全員が、火葬場まで付き添ってくれた。

手伝うほどの仕事はなかったけれど、一緒に泣いてくれる人たちがいるのは慰められた。

やがて、お母さんは灰になり、小さな骨壺《つぼ》に入ってしまったが、それでお別れではなかった。由美香の家に帰ってくる。

「四十九日が終わるのを待たずに納骨する場合もありますが、奥寺八重さまは『四十九日が終わるまで家にいたい』とおっしゃっていました」

葬式を担当してくれた葬儀会社の人が教えてくれた。若い女性で、なんと社長だった。

「生前予約のご相談も、わたしが承りました」彼女は言った。

斎場でもその話をすると、介護施設の入居者たちが驚いた顔をした。

「社長さんが出張ってくれたのかい」

「メモリアルホール谷中は小さな会社ですし、社長と言っても、たいしたものじゃないですから」と笑顔で答えた。

感じのいい人だった。ダークスーツを着て、首から葬儀会社の名札をぶら下げている。

谷中風花《やなかふうか》

初対面のときにもらった名刺にもそう書かれていた。名札や名刺には年齢は書いていないけれど、二十歳そこそこに見える。由美香がひきこもっているあいだに、生まれたのかもしれない。

可愛い感じの女性だが、運動をやっているのか引き締まった体形をしていて、体育会系の雰囲気があった。話し方もテキパキしている。

「納骨についてですが、お母さまのご希望通りでよろしいでしょうか？」谷中風花さんに確認された。

「は……はい」

由美香は頷《うなず》いた。できることなら、ずっと一緒にいたい。あの家で、お母さんと一緒に暮らしていたかった。

◯

大切な人がいなくなっても、人生は続く。電気代やガス代、水道料金の請求書は届くし、見てもいない国営放送の受信料も払わなければならない。今までお母さんが払ってくれていた健康保険料や年金も、これからは自分で払う必要がある。すぐにでも払わなければならないものが、いくつかあった。

「当面は、自分で稼いだお金で払うわけじゃないけどね」由美香は独りごちる。

お母さんの口座には、まとまったお金が入っていた。正社員で勤めていた介護施設も、いったん定年退職ということになっていたので、そのときの退職金も丸ごと残っている。

だが働かずに一生暮らせるほどの金額ではない。慌てる必要はないにしろ、仕事を見つけなければならない。

いざとなったら、生活保護を受けるという選択肢もあるが、自分みたいな健康な人間が受けてはならないと思っている。そもそも簡単に受給できるようなものではないだろう。

それ以上に、ちゃんと働いて、天国のお母さんを安心させたいという気持ちもあった。

「今さらだけどね」

仏壇に飾ったお母さんの写真を見ながら、由美香は呟《つぶや》いた。お母さんのいなくなった家は、静まり返っている。

これからも、ずっと静かなままだろう。由美香が誰かと結婚することは、たぶん、あり得ないのだから。

このとき、由美香はお母さんの遺影と遺骨が置かれている仏壇の前で正座していた。子どものころに道場に通っていたからか、背筋を伸ばして正座することが習慣になっていて、仏壇の前ではこの姿勢を取ることが多い。

線香をあげると、白い煙が天井にのぼっていった。線香の煙は、死んだ人にとっての食事だというから、由美香は忘れないようにしている。お母さんのお腹を空かせるわけにはいかない。

糸のように細くて儚《はかな》い煙を眺めていると、ふいに庭先から猫の鳴き声が聞こえてきた。

「……みゃあ」

窓の外に視線を向けると、茶ぶち柄の大きな猫がこっちを見ていた。野良猫なのか、どこかの家の飼い猫なのかはわからないけれど、ときどき庭にやって来る。

お母さんは、この大きな猫のことが好きだった。この猫が遊びに来ると、わざわざ庭に出ていくことさえあった。

茶ぶち柄の猫も、お母さんに懐いていた。お母さんの足に身体を擦りつけて、甘えるように鳴いていた。

「みゃあ」

「あら、どうしたの？」

「みゃん」

「そっか。背中が痒《かゆ》いのね」

猫の言葉がわかるかのようにしゃべっていた。今になって思うと、お母さんはこの茶ぶち柄の猫を飼いたかったのかもしれない。猫と遊びながら、のんびりしたかったのかもしれない。

けれど、ゆっくりすごせるような時間はなかった。猫を飼う余裕なんて、たぶんなかった。

由美香が働かずにいたせいで、お母さんは七十歳になっても働きにいかなければならなかった。身体が辛《つら》いときだってあっただろうに、滅多に仕事を休まず、そして死んでしまった。

「みゃあ」

ふたたび、茶ぶち柄の猫が鳴いた。こっちを見ている。お母さんが出てくるのを待っているのかもしれない。本当に、本当に仲よしだった。

由美香は放っておけない気持ちになって、窓を開けて猫に言った。

「もう、いないんだよ。死んじゃったんだよ」

自分の言葉が悲しかった。また涙があふれてきた。この家には、お母さんの記憶があふれている。自分は泣いてばかりいる。

「みゃ？」

猫は不思議そうな顔で鳴き、じっと由美香を見ていた。いつまでも、いつまでも見ていた。

〇

お母さんを安心させるためにも、ちゃんとした仕事に就かなければならない。とりあえずネットの求人サイトを覗《のぞ》いてみた。

「こんなにあるんだ」思わず呟いた。

由美香がひきこもっているあいだに、年齢制限を求人欄に書くことは原則として違法となっていた。

一見すると選び放題に思えるけれど、雇ってもらえるかは別問題だ。法律が変わろうと、雇う側の意識は変わらないだろう。やっぱり若いほうが有利に思える。

「体力だったら負けないんだけど」

たいていの同世代の男性にだって負けない自信はある。まあ、ここでアピールしても意味のないことだが。

ざっと見ただけでも、正社員を含めてアルバイトやパートを募集しているところはたくさんあった。訪問セールスの求人がいくつか目についた。

だが、いくら「未経験者歓迎」と書かれていても、セールスの仕事はできそうもない。会ったこともない他人の家のインターホンを押すなんて、由美香には絶対に無理だ。

ネット通販会社の倉庫での軽作業を見つけて心が動きかけたが、大変な仕事だという噂をネットで見ていたのでやめておいた。

「スーパーとかコンビニのバイトから始めたほうがいいのかなあ……」パソコンの画面を見ながら、また呟いた。

自分と同世代の女性が働いているのをよく見かけることもあって、漠然とそんなふうに思ったけれど、接客業もハードルが高い。

よく行く近所のスーパーで、初老の男性がレジの女の人を怒鳴りつけているのを見たことがあったせいかもしれない。見ているだけでトラウマになりそうだった。さらにトラウマを増やしたくない。

「贅沢《ぜいたく》を言える立場じゃないのはわかってるけど……」

我ながら言い訳がましい。本当のことを言うと、やってみたい仕事があった。

でも応募する勇気がなかった。四十九日の法事が終わる前に──お母さんがお墓に行ってしまう前に仕事を決めたかったのに、働きたいところに問い合わせることさえできない。

何度、同じホームページを見ただろうか。気になる会社のホームページには、メールフォームがなく電話番号と担当者の氏名が書かれている。直接電話しなければならないみたいだ。

「……どうしよう」

電話なんて、しばらく自分からしていない。いや、葬式の準備とかで何件かかけたか。緊張しすぎて頭が痛くなったことをおぼえている。しかも、当然のように上手《うま》く話せなかった。

あの調子では、問い合わせの電話をかけた瞬間に不採用が決まりかねない。電話をかける練習をしてみたが、一人芝居でも言葉に詰まった。自己紹介さえ上手くできないのだ。どうしても不審者になってしまう。

「わたし、駄目すぎ……」

自分に失望し、うなだれた。ひきこもりを二十年以上もやっていたので、自己嫌悪に陥るのは得意だ。

一通の手紙が届いたのは、そんなときだった。四十九日を来週に控えた土曜日だ。洒落《しゃれ》たデザインの黒い封筒が、自宅のポストに投函《とうかん》された。宛名《あてな》は由美香になっていて、差出人には、お母さんの名前が書いてある。

「いたずら……かな？」

誰だってそう思うだろう。あるいは、新手の詐欺かもと思った。不幸があった家を狙い撃ちにする悪質な新興宗教がある、という記事をネットで読んだことがある。

この世は怖いところだ。人を騙《だま》そうと画策している連中が群れをなしている。弱者のなけなしのお金を奪い取ろうとしている。差し詰め無職で社会経験のない自分なんてカモそのものだ。

届いた郵便物を捨ててしまおうかとも思ったが、念のため開封した。するとカードが入っていて、お母さんの手書きの文字があった。

それは、まさかの招待状だった。

奥寺由美香さま

このたび、くろねこカフェでお茶会を開催することになりました。

お忙しいとは存じますが、お時間を割いていただければ幸いです。

なお、お茶会にはくろねこのおやつをご用意して、心よりお待ちしております。

奥寺八重

○

「いったい何なのよ?」

風花は首をひねるばかりだ。声にこそ出していないが、何度、この台詞《せりふ》が頭を巡ったのかわからない。

兄の景と的場のことである。二人の行動が不審だった。このところ、毎日のように連れ立って遊びに行っていた。

的場は同僚だし、兄は同じマンションで暮らしている。聞かずとも、二人の行動は筒抜けだ。

遊びに行くのは問題ない。昔からの友人なのだから、交流がないほうが心配になってくる。

でも毎日は行きすぎだ。しかも、誰かから連絡が来るのか、頻繁にスマホを見ている。会社では的場の、家では景のそんな姿を幾度となく目撃していた。

二人とも表情豊かなタイプではないが、スマホを見るときは優しい目をしていた。微笑んでいるように見える瞬間さえあった。普段あまりスマホを見ない二人だけに、そんな所作は目立つ。

そもそも景はインドア派で、昔から出かけるほうではない。それが毎日のように出かけていく。きょうだいの住むマンションまで的場が迎えに来ることもあった。いそいそと出かけていく姿を何度も見ている。

「彼女ができたとか？」

二枚目の兄を持つ妹としては、自然な連想だろう。グループ交際から恋人同士になる例など、いくらでもある。先月、風花の友人が結婚式を挙げたが、グループ交際から始まったという。

風花には妄想癖がある。このときも、つい兄と的場が同時に結婚式を挙げるシーンを想像してしまった。

それはそれで問題がある。風花には関係ないが、問題がある。どう問題があるのかは、自分でもわからないけれど。

この日、風花は『くろねこカフェ』に来ていた。お茶を飲みに来たわけではなく、メモリアルホール谷中の業務の一環として、カフェを手伝いに来たのである。

もともと、このカフェは母が一人でやっていた店だ。当時は喫茶店と呼ばれていて、父は客だった。歴史としては、メモリアルホール谷中よりもずっと古い。

まだ若かった父と母は恋に落ち、やがて結婚する。そして景が生まれ、風花が生まれた。そうして幸せに暮らしていたが、人生は何が起こるかわからない。まだ五十歳にもなっていなかったのに、父母は死んでしまった。交通事故に遭ったのだった。まさか、こんなに早く死ぬとは思っていなかった。

その後、紆余曲折《うよきよくせつ》を経て、妹の風花がメモリアルホール谷中を継ぎ、兄の景がくろねこカフェを継いだ。これは、両親の考えていたことでもあった。

「反対のほうがよかったんじゃないの？　男が会社を継いで、女が喫茶店をやるのが普通だと思うけど」

よく知らない遠縁の親戚《しんせき》や通りがかり程度の知り合い——浮世の有象無象に何度も言われた。

アドバイスなど求めていないのに、勝手に言ってくるのだ。どこにあるのかもわからない「普通」とやらを語られた。カフェの仕事を下に見ているのか、「女は、男を立てるものだ」と意味不明の説教をされたことさえある。

世間の人たちはよほど暇なのか、嘴《くちばし》を挟みたがる。無能で無責任な人ほど、お節介なものだ。自分の人生すら上手くいっていないのに、赤の他人にアドバイスしたがるのはなぜだろうか。そういう連中は滅んでしまえばいいと思う。

まあ、風花自身も同じように——兄が葬儀店を継げばいいと思っていたのだが、無理な相談だったと今は知っている。

景は病気だった。風花は知らなかったけれど、命に関わるような重い病気に罹《かか》っていたのだ。

両親が他界したときは手術前だったこともあって、不規則で勤務時間の長い葬儀会社を継げるような状態ではなかった。

手術を受けて、どうにか一命を取り留めたものの、完全に治ったわけではない。手術とリハビリのおかげで日常生活は支障なく送れるようになったが、後遺症が残っているようだ。

妹に泣き言をこぼすような兄ではないから詳しくは聞いていないが、足を引きずるようにして歩いているときがある。歩く速度も遅くなったような気がする。さらに加えると、病気が再発する可能性も低くはないらしい。

葬儀店ほど不規則ではないにしろ、飲食店だって楽な仕事ではない。カフェを一人でやるのは、間違いなく重労働だ。重い病気を患って手術を受けたばかりの人間には、負担が大きすぎるはずだ。

「手伝いにいくから」

「いや結構だ。来ないでもらいたい」

景は遠慮したけれど、会社として、くろねこカフェをサポートする方針に決まっていた。社長という立場を利用して、ゴリ押ししたわけではない。私情がないとは言わないが、会社の利益を考えた上での決定だ。

くろねこカフェは、メモリアルホール谷中と切っても切れない関係にある。簡単に言うと、商品の一部として機能していた。

あなたなら、最後のおやつに何を用意しますか?

これは、父が社長だったころから使われているキャッチコピーだ。今でも新聞の折り込み広告などで見ることができる。

メモリアルホール谷中では、葬式の数日後に故人と親しかった人間を招いて、カフェでおやつを食べるというオプション商品を扱っていた。

生前予約しておけば、自分が死んだあとに、大切な人に――例えば、家族や友人におやつを振る舞うことができる。

本人のいないお茶会の生前予約だ。葬式や法事とは別の流れで行われるから、あくまでも私的な会合で、誰を呼ぶかは自由に決めることができる。故人の遺志が最大限に尊重される。

その会合の場所として、くろねこカフェが使われている。かつては母がおやつを用意し、今は景がその役割を引き継いでいた。

カフェの店名にちなんで、こんな名前が付いていた。

くろねこのおやつ

江戸時代中期ごろに、八つ時（午後二〜四時ごろ）に食べていた軽食が「おやつ」の語源だという。

遠い昔からある言葉だからか、「おやつ」と聞くだけで懐かしい気持ちになる。子どものころのことを思い出す。

おやつを出す立場からしても、たぶん、そうだろう。大切なひとによろこんでもらった記憶や、「美味《お》しいね」と言われた思い出は、誰にとっても宝物だ。

最期の瞬間に思い浮かぶのは、大切な人の笑顔なのかもしれない。病気になったときに、もう治らないとわかったときに、自分のことよりも残していく人間を心配する者は多い。

悲しまないで。

でも、わたしを忘れないで。

くろねこのおやつからは、そんな声が聞こえてくる。大切な人に忘れられたくないと思うのは、当たり前のことだ。

けれど忘れないようにしていても記憶は薄れていくものだ。思い出は少しずつ消えていき、いつの日か、どこかへ行ってしまう。

死者はそうなることを知っている。いずれ忘れ去られてしまうことを知っている。自分の気持ちを伝えずに死んでいく者も珍しくない。

メモリアルホール谷中で生前予約した全員が、くろねこのおやつを希望するわけではないけれど、かなりの数の問い合わせがある。景が断ってしまったがテレビ取材の申し込みもあったようだ。

また、地域の評判もよく、口コミで商売が成り立っているような小さな葬儀店には、なくてはならない存在だった。

創業以来の商品なので守っていきたいという気持ちもあった。くろねこのおやつは、メモリアルホール谷中の歴史そのものだと言えるのだから。

カフェを手伝うのは、風花か的場であることが多かった。景に気を使わせないためだ。「おまえより岩清水さんのほうがいい」と兄が言ったことがあるが、この台詞《せりふ》は冗談だろう。

この日、風花は一人でカフェを訪れた。料理でも何でもするつもりだったが、なぜか拒まれた。

「料理はいい。むしろ絶対にやめてくれ。買い物を頼む」

釘《くぎ》を刺されるように言われたのは解せないが、買い出しは重要な仕事だ。何しろ兄は自動車の運転をしない。そもそも免許を持っていなかった。

「不便でしょう？　免許くらい取ればいいのに」

手術が成功して少し落ち着いたときに言ってみたが、景にその気はないようだ。自動車の運転が好きではないのかもしれない。

一方、風花は高校を卒業と同時に運転免許証を取得し、軽自動車を買った。運転は得意だ。買い出しにいくのは、嫌な仕事ではなかった。

くろねこカフェくらいの規模の飲食店だと、一般家庭が買い物するようなスーパーやデパートで仕入れを済ませることが多い。『道の駅木《き》更津《さらづ》 うまくたの里』ができてからは、風花はそこで買い出しをする。正直に言うと、遊びに行っているような気持ちもなくはない。

うまくたの里は木更津東インター横に位置し、くろねこカフェから自動車で十五分程度のところにある。アクアラインを通って観光客もやって来るが、地元民にも人気があった。地場野菜や果物などの農産物を豊富に売っていて、小さな店の仕入れにもぴったりだ。

『ピーナッツキャッチャー』や『ピーナッツガチャ』というお楽しみコーナーもある。そして、カフェで食べることのできるピーナッツやブルーベリーのソフトクリームは絶品だ。

今日も食べて帰りたいところだが、仕事中なので我慢した。手早く買い物を済ませカフェに戻ってくると、もう、やることがなかった。すでに掃除は終わっている上に、兄は風花がテーブルや椅子に触るのを嫌がる。

「位置が変わる」と神経質なことを言うのだ。「余計なことをするな。できるだけ動かず、黙っていてくれ」とも言われた。

大きな手術をすると、神経が過敏になることがあるというので、兄もそうなのかもしれない。

風花は心配し、景の言葉に逆らわないようにする。後遺症のことなど、担当医に話を聞いてみたいとは思うが、兄が嫌がりそうなので言い出せずにいた。きょうだいは、特に成人すると、お互いに意外と遠慮するものだ。不思議な距離感がある。

買い物のあと、風花は何をするでもなく立っていた。会話はなかった。黙っていろと言われたこともあるが、もともと兄は無口で自宅でも会話は弾まない傾向にある。風花もしゃべる気になれなかった。経営者として考えなくてはならないことがあったからだ。岩清水のパワハラ問題である。

今週もまた一人、アルバイトが辞めていった。人手不足は深刻だし、ネットに晒《さら》される恐怖も去っていない。

ネットに晒されそうな件はともかく、人手不足はどうにかしなければならない。今日ここに来たのは、それを解消する目的もあった。

「まったく……」

ため息をつきながら兄に目をやると、窓の外を見ていた。どことなく、わざとらしい。風花と目を合わせないようにしているみたいに思える。風花を避けているようにも見える。ここ最近、ずっとこんな感じだ。

避けられるようなことをしただろうか？　それとも病気のせいで体調が悪いのだろうか？

「景兄、大丈夫？」

「何がだ？」

「何がって――」

どう言葉を続けようか考えていると、りん、とドアの呼び鈴が鳴った。本日の客である奥寺由美香が姿を見せたのだった。

◯

お母さんは、わたしに何を伝えようとしているんだろう？　くろねこのおやつの招待状を見てから、由美香はずっと、ずっと考えている。

くろねこのおやつについては、招待状と一緒に入っていた紙に説明が書いてあったし、メモリアルホール谷中のホームページにも載っていた。だから、料金の目安まで知っている。

お母さんは、自分の葬式だけでなくお茶会も申し込んだのだ。生きているうちに言えなかった言葉があるのだろう。

言いたいことがあるなら言えばいい。遠慮するような親子関係ではなかったと思うのは、由美香が甘やかされていたからだろう。誰かの自由は、他の人間の不自由や負担によって成立していることがある。甘やかされている側は、気を使っている側の苦労に気づかないものだ。

ましてや由美香は、二十年ものひきこもりだ。一緒に暮らしていたお母さんが気を使っていたに決まっている。

傷ついていることを言い訳にして、過去の傷を免罪符にして働かずにいたのかもしれない。

この世界では、優しい人間ほど嫌な目に遭う。他人に傷つけられる。だとしたら一番傷ついていたのは、お母さんだ。娘がひきこもってしまったことで、自分を責めていた節もあった。

そのお母さんが、由美香に何かを伝えようとしている。恨み言を言われるのかもしれない。あるいは、叱られるかもしれない。

二十年以上も働かずに、お母さんに頼って生きてきたのだから、文句を言われるのは当然だ。七十歳の母親の収入や年金を当てにして暮らしていたのだから、叱られるのは当たり前だ。

中学生のころにひどい目に遭って、人生が台なしになったと思っていたが、由美香はお母さんの人生を台なしにしてしまった。猫とのんびりすごす時間さえ奪ってしまった。

だんだん小さくなっていったお母さんの背中を思い出す。お母さんに背負われたまま、結局、何一つ恩返しをできなかった。親孝行をできなかった。

くろねこのお茶会に行って、お母さんの気持ちを知るのは怖いけれど、由美香には知る義務がある。

いや義務という言葉は正確ではない。お母さんの気持ちを受け止めたいという思いがあった。恨み言さえ聞き逃したくなかった。二度と会うことのできないお母さんの言葉を聞きたかった。

だから勇気を振り絞って、招待状に書かれた時間通りにカフェに行くことにした。子どものころ、海辺の砂浜で遊んだことがあったが、カフェが存在していたかは記憶になかった。

くろねこカフェは、すぐ見つかった。特徴的な古民家風の建物で、黒猫の形をしたプレートが入り口のドアにかけてある。

四十歳をすぎていても、由美香は眼鏡をかけたことがないくらい視力がいい。幸いなことに老眼も始まっていないみたいだから、それほど近づかずともプレートの文字を読むことができた。

くろねこカフェ
本日は貸し切りです。

「貸し切り……」

　とんでもないことになっている。チェーン店のカフェだって一人で入ったことがないのに、いきなり貸し切りはハードルが高すぎる。

　どうしよう、と呟《つぶや》いてみたが、悩んでいる暇はなかった。招待状に書かれた時間に遅れるのは避けたい。躊躇《ためら》っていると、せっかく振り絞った勇気が萎《しぼ》んでしまう。自分の部屋に逃げ帰ってしまう。

　できるだけ何も考えないようにして歩み寄り、入り口のドアを開けた。すると、呼び鈴が鳴った。風鈴みたいな涼やかな音だった。店員が出迎えに近づいてくる。こっちから何か言ったほうがいいだろう。

「ええと……。あの……」

　駄目だ。挨拶《あいさつ》をしようとしたのに、このざまだ。普通に話すことができず、早くも挙動不審になっている。

　何をしたわけでもないのに、この時点で由美香はいっぱいいっぱいだった。自分でも、視線が泳いでいることがわかる。

そんな由美香を出迎えたのは、顔立ちの整った若い男性だった。ドアの呼び鈴よりも涼やかに聞こえる声で言う。

「いらっしゃいませ。奥寺由美香さまでいらっしゃいますね？　お待ちしておりました」

アニメやゲームの世界から抜け出してきたようなイケメンだった。お嬢さまに仕える誠実な若執事という印象だ。

どことなく口うるさそうでもあるが、真面目そうな顔をしている。お洒落《しゃれ》な茶色の色眼鏡をかけていて、メチャクチャ知的に見えた。立ち姿もすらりとしていて、モデルや芸能人だと言われても違和感はなかった。

イケメン、真面目、お洒落、知的、モデル体形と女子に好かれる要素がそろっている。

「ご来店ありがとうございます」イケメンが頭を下げた。由美香にお辞儀をしたのだった。

こんな若者に話しかけられるなんて、二十年以上もひきこもっていた人間にしてみれば、恐ろしい状況だった。デブだというコンプレックスが助長される。自分の醜さを突きつけられた気分になった。

由美香は、どう返事をすればいいのかわからなかった。彼一人しかいなかったら、逃げ出していたかもしれない。どうにか踏みとどまることができたのは、知っている女性が一緒にいたからだ。

「由美香さん、こんにちは！」

元気のいい声で、親しげに下の名前を呼ばれた。メモリアルホール谷中の社長の谷中風花さんだった。

どうして、ここにいるのだろうかと由美香が疑問に思うより早く、風花さんが紹介を始めた。

「これは、兄の景。このカフェのマスター。カラーグラスとかして気取ってるけど、そこまで悪い人じゃないから」

なんと、きょうだいだった。言われてみれば、目鼻立ちは似ている。同じ系統の美男美女だ。

でも雰囲気は正反対だ。例えば服装も、景さんは黒、風花さんは白で固めている。文化系と体育会系。

黒猫と白猫。

そんな印象を受けた。景さんは物静かだが、風花さんは賑《にぎ》やかで明るいオーラがあった。

このお茶会は、生前予約で申し込んだ葬式のオプションだから、葬儀会社の風花さんがいるのだろう。いても、おかしくはない。ひきこもりの由美香でもわかる理屈だった。

風花さんは親しげに景さんを見るが、兄は妹に見向きもしなかった。由美香に改めて頭を下げた。

「本日はよろしくお願いいたします」

「ええと、こ……こちらこそ、お願いします」

この返事で正解なのかはわからなかったけれど、これ以上の言葉は出て来ない。一歩間違ったら親子くらいの年齢差があるのに、すっかり上がっている。

ますます挙動不審になっていく由美香を気持ち悪がるでもなく、景さんは話を進める。

「窓際の席でよろしいでしょうか？」

「はい……」

由美香が頷《うなず》くと、景さんが案内してくれる。動きに無駄がなく、テキパキとしていた。歩く姿もだらけておらず、緊張感すらあった。その動作もアニメの執事みたいで、しつこいけれどイケメンだ。

「どうぞ」と椅子を引いてくれた。

「あ、ありがとうございます」

由美香は、真っ赤になりながら答えた。今までの人生で、椅子を引いてもらった経験なんてなかった。

案内された席は、テーブルが四人用で広々としている。一人で使うのが申し訳ないほどだ。

「まずは、お飲み物をどうぞ」

座った途端に湯気の立っているカップが出てきた。そこには、温かいミルクが入っている。

たまたまミルクを出したわけではあるまい。そんな偶然はない。ホットミルクには、お母さんとの思い出があった。

由美香はカフェインが苦手で、コーヒーや紅茶を飲むと夜眠れなくなる。仕事をしていないのだから、夜寝なくてもいいようなものだが、お母さんは心配してくれた。わざわざミルクを温めて出してくれたのだった。それも、ただホットにするだけではない。

「今日は、蜂蜜《はちみつ》を入れてみたの」

台所には、いつも蜂蜜が置いてあった。袖《そで》ケ《が》浦《うら》市の名産の一つだ。養蜂が盛んで、さまざまな花から採蜜された蜂蜜を販売している。お国自慢のように受け取られるかもしれないけれど、他の地域の蜂蜜より美味《おい》しく思え、またホットミルクにもよく合った。

くろねこカフェのホットミルクにも、蜂蜜が添えられている。それも六種類あるようだ。猫の形をした、六つの小さなガラス容器がテーブルに並んでいて、美しい黄金色に見える液体が入っていた。

「可愛い」

思わず言ってしまった。こんな台詞《せりふ》を自分が言うとは思わなかった。四十二歳にもなって、なんだか恥ずかしい。

でも、本当に可愛かった。ガラス容器の猫たちは、みんな違う恰好《かっこう》をしている。香箱座りをしたり、招き猫になったり、前足で顔を洗ったり、伸びをしたり、しっぽを立てたり、上を向いたりと思い思いのポーズを取っていた。周囲の猫がどんな恰好をしているか気にしている子はいない。

景さんが、その猫たちを一匹ずつ指差しながら、蜂蜜の種類を教えてくれる。

「アカシア、さくら、マテバシイ、タマツバキ、カラスザンショウ、そして、百花蜜です」と言ってから、「これ以上の説明は不要ですよね」と付け加えた。

「はい」

袖ケ浦市の蜂蜜のことは、それなりに知っている。目の前に並んだ蜂蜜は、どれも食べたことがあった。

天然蜂蜜は花の種類によって色と風味が違う。どれも美味しいが、由美香はさくら蜜を選んだ。お母さんが最後に作ってくれたホットミルクが、そうだったからだ。まだ湯気の立つホットミルクに、さくら蜜を垂らした。

「いただきます」

軽くかき混ぜてから、ホットミルクを口に運んだ。

花の香りがする。甘くて優しいホットミルクが喉《のど》を通りすぎていき、胸のあたりが温かくなった。桜の花びらを感じた。そして、聞こえるはずのない鳴き声が、聞こえた気がした。

みゃあ。

奥寺家の庭先にやって来る茶ぶち柄の猫の姿が、由美香の脳裏に浮かんでいた。お母さんと仲のよかった猫だ。今日も庭先にやって来て、お母さんが出てくるのを待っていた。

あの子のために、猫用のミルクを買って帰ろうか。急に、そう思った。中途半端に餌を与えるのがまずいのなら、あの家で飼ってもいい。もちろん本当に野良《のら》なのかを、確かめる必要はあるけれど。

なんて名前なんだろう？

由美香が名前を付けるべきなのだろうか？

みゃん。

また、声が聞こえた。

たったそれだけのことなのに――猫と一緒に暮らすことを想像しただけなのに、独りぼっちじゃないように思えてきた。幻に勇気づけられただけだ、とわかっていたけれど。

緊張していたせいもあって、喉が渇いていたみたいだ。あっという間にホットミルクを飲み終えた。見計らったタイミングで、景さんが声をかけてきた。

「それでは、ご注文いただいたおやつをお持ちいたします。少々お待ちください」

お辞儀をしてキッチンに歩いていった。ホットミルクの他にも、くろねこのおやつはあるようだ。

風花さんは一緒に行かず、立ったまま見送っている。話すことを禁じられているみたいに、最初の挨拶《あいさつ》以外は何もしゃべらない。手伝う素振りもなく、カフェの隅に立っている。

景さんの歩いていった先に目を向けると、作業をしている姿が見えた。オープンキッチンと言うのだろうか。由美香の席からキッチンが、ある程度見えるようになっている。

壁に改築したみたいな跡があるから、最近こんなふうにしたのかもしれない。声をかければ、景さんと話すことができそうだけど、由美香にそのスキルも度胸もなかった。しかも景さんは集中していて、声をかけにくい雰囲気だ。

由美香は、窓の外に視線を向ける。そこには、袖ケ浦の海があった。窓ガラス一枚通しただけで、通ってきたばかりの砂浜が見知らぬ場所みたいに見える。自分の足跡をさがしたけれど、どこにもなかった。

海辺には、誰もいない。どこまでも続く海と砂浜の中を、一匹の黒猫が歩いていた。飼い猫とは思えないが、毛並みは艶《つや》やかで野良猫にも見えない。

野良猫だとしたら、このあたりのボスなのかもしれない。歩く姿は優雅で、威厳さえあった。我が物顔で海辺を歩いていく。

そうして黒猫が由美香の視界の外に出ていったあと、窓の外から笛を吹くような鳴き声が聞こえてきた。

ピーヒョロロ……。

とんびだ。上昇気流に乗って、空中に輪を描きながら飛ぶ姿は有名だ。確か、鷹《たか》の仲間だ。

見ている角度が悪いのか、その姿を見つけることはできないけれど、たぶん空を飛んでいる。

大自然の中で生きていくのは大変だろうが、空を飛べるのは羨《うらや》ましい。由美香の知らない世界を見ているはずだ。きっと、人間の姿が小さく見えていることだろう。

やがて、景さんがテーブルに戻ってきた。穏やかな口調で、由美香に声をかけてくる。

「お待たせいたしました」

木彫りのお盆を持っていて、見覚えのあるお菓子が載っていた。お母さんが注文したのは、市販のお菓子のようだ。少なくとも、このカフェで作ったものではない。キッチンで集中しているように見えたのは、由美香の錯覚だったみたいだ。

当たり前だが、思い出のお菓子が手作りとはかぎらない。誰も彼もが、お菓子を作れるわけではないのだ。

お菓子を作れるにしても、市販のものが思い出になることだってある。たいていの大人は、幼いころにポテトチップスやチョコレートを食べた記憶を持っているだろう。思い出だってあるはずだ。手軽に手に入るお菓子ほど、人生に寄り添っていることもあるのだから。

ちなみに、景さんが持ってきたのは、ポテトチップスでもチョコレートでもなかった。

「こちらが、奥寺八重さまにご注文いただいた『くろねこのおやつ』になります」景さんはそう言って、お盆ごとテーブルに置いた。

白い銘々皿に、個包装のお菓子が二つ載っていた。黒と赤を基調としたシンプルなデザインで、金色の文字が大きく印刷されている。地元民には、お馴染《なじ》みのパッケージだ。もちろん由美香も知っている。

「オランダ家の『楽花生パイ』です」景さんが言った。

楽花生パイは、千葉県の洋菓子店『オランダ家』の看板商品だ。その名の通り、房総の大地が育てた落花生を贅沢《ぜいたく》に使用したパイ菓子である。千葉県を代表する銘菓と言っていい。房総土産の定番でもあった。

「オランダ家のウェブサイトにも記載がありますが」

そんなふうに前置きしてから、景さんが楽花生パイの紹介を始める。

「こちらのメーカーのお菓子には、世界有数の酪農王国オランダの発酵バターが使われています。牛乳からバターを作る過程の中で乳酸発酵をさせて作る発酵バターを使うことで、芳醇《ほうじゅん》な風味と濃厚な味を楽しむことができるんです」

立て板に水の口調だった。メモを見ていないから、楽花生パイの情報が頭に入っているようだ。

「日本では、発酵させていないバターが主流だと言われています」

だから、他のバターを使ったお菓子と風味が違うのだ。他メーカーの類似商品を食べたことがあったが、格が違った。まずいとまでは言わないけれど、やっぱり別物だった。

「どうぞ、お召し上がりください」

「じゃあ、いただきます」

由美香は、一つ手に取った。手に馴染むような心地のいい重さだ。持っただけで、楽花生パイだとわかりそうだ。

包装を開けると、バターと砂糖らしき甘い香りがあふれてきた。生唾《なまつば》を飲み込んでから、オランダ家の楽花生パイを食べた。

「……美味《おい》しい」

本当に美味しかった。落花生の蜜《みつ》煮あんが、サクサクとしたパイ生地に包まれている。コクのある優しい甘さは絶品だ。いつ食べても美味しい。

懐かしくさえある甘さが心に染み渡り、終わってしまった日々の記憶を呼び起こす。大好きだったお母さんとの毎日を思い出す。

味も美味しいけど、名前が好きなの。

お母さんの口癖だった。このお菓子を食べるたびにそう言っていた。気づかない人もいるようだが、オランダ家の銘菓は『落花生パイ』ではない。『楽花生パイ』だ。どうして、楽の文字を使っているのかは、オランダ家のウェブサイトに書いてある。

当社の願いを込めて、《楽》の文字を使用しています。落花生を使ったお菓子を食べながら、大切な方との楽しい時間を過ごして頂きたいという願いを込めて、《落》ではなく、「楽しい」という文字を使った『楽花生』という言葉を作りました。

葬式が終わったあと、火葬場に行った。

お母さんの勤めていた介護施設の入居者だという車椅子のおじいちゃんが、棺に横たわるお母さんに話しかけた。

「八重さん、ありがとう。あんたのおかげで楽しかったよ。本当にありがとう。世話になったねえ。たくさん話をして楽しかったねえ。ゲームをやったり、カラオケをしたり、テレビを一緒に見たりしたねえ。楽しいことが、いっぱいあったねえ。本当に楽しかったねえ」

大粒の涙がこぼれ落ちている。九十歳になろうかという年寄りが、ぼろぼろと涙を流して泣いていた。

もう一人のおじいちゃんが、その言葉に大きく頷《うなず》いた。目を真っ赤にして、ぶっきらぼうに話し始める。

「ああ、そうだね。楽しかった。八重さんとしゃべるのは、本当に楽しかった。たくさん笑ったよ。おれは老人ホームになんか入りたくなかったから、ずっと、ふてくされていた。息子夫婦に家から追い出されたと思って、ずっと腹を立ててた。さっさと死んじまいたいって泣いたこともあった」

棺に横たわるお母さんの顔を見ながら、おじいちゃんは続ける。

「でも、八重さんとしゃべると笑っちゃうんだ。楽しいことがいっぱいあってさ、ここは姥捨《うばす》て山《やま》じゃないんだって思うことができるんだ。本当にありがとう。あんたのおかげだ」

お母さんは返事をしない。微笑んでいるような顔で眠っている。けれど皆は話しかける。

「わたしも楽しかったよ。八重さん、ありがとうね」

「あの世で待っていておくれ」

「ああ、そうだ。どうせ、みんな、すぐ行く。でも、あの世では世話をさせないようにしないとな」

嗚咽《おえつ》に交じって、笑い声が起こった。由美香は、不謹慎だと思わなかった。お母さんも、きっと思わないだろう。

遺影のお母さんは笑っている。優しい笑顔で、こっちを見ていた。

○

風花は、由美香がひきこもりだということを知っていた。生前予約の相談を受けたときに、彼女の母親が言っていた。

「優しい子なんです。こんなふうに言うと、親バカで甘やかしていると嗤《わら》われるでしょうけど」

娘がひきこもっていることを、親戚《しんせき》などに責められた経験があるのかもしれない。悲しげで、少しだけ自嘲《じちょう》するような口調だった。

無責任に他人を責める者は多い。いや、無責任だからこそ責めることができるのだろう。

「わたしは、嗤いません」風花は、きっぱり言った。

人は傷つきやすく、この世界は悪意に満ちている。誰もが、誰かの一言や些細《ささい》な出来事で傷つき、社会から孤立してしまう可能性がある。風花だって、家から出たくないと思うときがある。

例えば、葬儀会社を継いだばかりのときにも、そんな気持ちに襲われた。今でも会社に行きたくないときがある。他人の顔を見たくないと思う朝だって珍しくない。誰とも会わずに生きていきたいと思うときだってある。

ひきこもりは、決して甘えや逃げではない。人間関係に傷つき、孤立してしまった人が、自分を守るために取った苦しい選択なのだと思う。ひきこもりたくて、ひきこもっているわけではないのだ。

しかも、ひきこもったからと言って、完全に自分を守ることはできない。苦しみは続く。社会との関わりを断ってしまった人々は、もう二度と社会に受け入れてもらえないのではないかという不安に苛《さいな》まれているはずだ。人生を諦《あきら》めてしまう人間もいるという。

風花は、ずっと由美香を見ていた。観察しているようで申し訳ないけれど、これには事情があった。この場に来たのは、もちろん景の手伝いをするためだが、他にも目的がある。葬儀会社の社長としての仕事だ。

由美香を雇いたかった。メモリアルホール谷中で働いてほしい、と思っていたのだった。八重に話を聞いたときから、ずっと考えていたことだ。実際に会って、その思いは強くなった。

おずおずとしたところはあるけれど、ひきこもっているあいだも運動をしていたらしく、ひ弱な印象はない。子どものころ柔道を習っていたというから、運動の習慣がついているのだろう。見るからに筋肉質で、腕力がありそうだ。

天涯孤独になってしまった由美香への同情がないと言えば嘘になるが、それ以上に人手がほしかった。彼女なら、ちゃんと働いてくれそうな気がしたし、母親の葬式での高齢者への対応も好感が持てるものだった。葬儀店の仕事に慣れれば、かなりの戦力になるだろう。

もちろん、いきなり正社員にはできない。何ヶ月間かアルバイトで働いてもらうことになる。

それで問題がないようなら、正社員として雇いたかった。女性スタッフを増やしたいという葬儀会社ならではの事情もある。

今どき、男女で区別するのはおかしいと思うかもしれないが、実際に、葬式の司会や受付を女性に頼みたいという要望は多い。また、生前予約の相談に訪れるのは女性が多く、同性の担当者を希望する場合も少なくなかった。男性相手だと話しにくいと感じる女性はいるのだ。

それなのに、メモリアルホール谷中の女性社員は風花だけだ。去年まで経理に女性が一人いたけれど、定年退職してしまった。

女性アルバイトはいるが、葬式の司会や生前予約の担当は任せない。メモリアルホール谷中では、それは正社員の仕事ということになっている。身分や給料を保証していないのに、重い責任が伴う仕事をやらせるわけにはいかないからだ。

由美香が将来的にフルタイムで働いてくれれば、会社的にも、風花も助かる。自分や的場とは違い、柔らかい雰囲気を持っているのも採用したい理由の一つだ。メモリアルホール谷中には、癒《い》やし系キャラがいない。おかげで、いつもどこかギスギスしている。

岩清水に失望して、由美香に過大な期待を寄せているところもあるだろうけれど、会社の今後のことを考えるとスカウトしておくべきだろう。

葬儀店という業種に加えて会社が小さいこともあって、新卒で入社してくる者はほとんどいなかった。今のメモリアルホール谷中の社員を見ると、風花と的場以外は全員中途採用だ。

二十年以上もひきこもっていたから、最初は苦労するだろうが、乗り越える手助けはするつもりだ。

生前予約の相談を受けたとき、風花は由美香の話を聞いて、八重に思わず言った。

「うちでも社員を募集しているんです。ずっと人手不足で」

「あらまあ」

八重は相づちを打ったが、葬儀業界が人手不足だと知っていたようだ。介護施設と葬儀店は切っても切れない関係にあるから、内情に詳しくても不思議はなかった。

「わたしに何かあったとき、由美香を雇ってもらえるかしら」八重は言った。

顔が笑っていたし、冗談だとわかる口調だったが、本音も含まれているような気がして、風花は「はい」と約束した。

すると八重は真面目な顔になって、風花にお礼を言った。

「ありがとうございます。どこで働くかを決めるのは由美香だけど、誰かに必要とされたら喜びます」

八重の身に何かあるまで待っている必要はない。今すぐにでも電話しようとしたが、彼女の言葉は終わっていなかった。

「くろねこのお茶会に由美香を招くつもりだから、そのときに——おやつを食べ終わったときとかに話してもらえると助かるわ。もちろん、そちらの都合もあるでしょうけど」

◯

由美香が楽花生パイを一つ食べ終えるのを待って、風花は八重との約束を果たすべく話しかけた。

「うちの会社で、今、アルバイトを募集しているんですけど、よかったら働いてみませんか？」

「……アルバイトですか？」

驚いている。それはそうだろう。誰だって、カフェで葬儀会社にスカウトされるとは思わない。風花は、言葉を重ねる。

「最初はアルバイトですけど、いずれ正社員での雇用を考えています。まずは無理のない感じで働いてみませんか？」

何秒間かの沈黙があった。明らかに戸惑っている。でも、そのまま黙り込んだりはしなかった。意を決した顔で、由美香が口を開いた。

「お気遣いいただき、ありがとうございます」

ひきこもっていて社会との接点がなかったはずなのに、彼女は礼儀正しい。柔道をやっていたということもあるだろうし、亡くなった母親がちゃんとした人だったということもあるのだろう。由美香を雇おうと考えた理由の一つだ。ちょっとした仕草や言葉の一つ一つに真心がこもっている。

「こんなわたしを誘ってくれるなんて、すごく、うれしいです」由美香が、はにかんだ顔を見せた。

よかった。

たぶん、メモリアルホール谷中で働いてくれるということだ。風花は、心の中でガッツポーズを取った。人手不足も多少は解消するだろうし、何より八重との約束を果たせたのが嬉《うれ》しかった。

だが、喜ぶのは早かった。由美香の話には続きがあった。

「でも、メモリアルホール谷中で働くことはできません。すみません」と頭を下げたのだった。思いのほか、きっぱりとした口調だった。

「え……？」

風花の喉《のど》から声が出た。まだ雇用条件さえ伝えていないのに、もう断られてしまった。

やっぱり、働くのが嫌なのだろうか？　二十年以上もひきこもっていたのだから、社会に出るのが怖い気持ちもわかる。自分の家にいたいという気持ちもよくわかる。でも、このままではいられない。たいていの人間は、働かなければ生きていけない。死んでしまった母親だって、天国で娘のことを心配しているだろう。

生前予約の相談を受けたときに話した記憶が、ふたたび、よみがえる。八重は、風花にこんなふうに言っていた。

自分は駄目じゃないって、思えるようになってほしいんです。

前を向かなくてもいいから、笑っていてほしいんです。

由美香は駄目なんかじゃない。学生時代の取るに足らない人間のくだらない言葉に傷つき、どうしようもなく自己評価を下げているだけだ。風花には、わかる。由美香の優しさがわかる。

「とりあえず職場の見学だけでも――」

無理やりにでも勧誘を続けようと言葉を続けかけたとき、それまで黙っていた景が割り込んできた。

「それくらいにしておけ」

兄だって、事情を知っているはずなのに止めた。しかも風花を見ていない。由美香に向き直って、頭を下げている。

「申し訳ありません」

「そんな……。申し訳ないだなんて……」由美香は恐縮する。

「いえ、お節介な上にしつこいです」兄は平謝りだ。うちのバカ妹がすみません、と言わんばかりであった。

風花は納得できない。八重と約束したのだから、由美香を誘うのは、くろねこのおやつの一部だ。

「世間的に見たら、たいした会社じゃないかもしれないけど……」

すると、景が海より深いため息をつき、悟ったような声で言葉を発した。

「的外れの善意は、悪意より迷惑だというのは本当だな」

賢《さか》しらな顔で格言みたいなことを言っているが、そんな言葉は聞いたことがない。適当にでっち上げたのだろう。だいたい、「的外れの善意」とは、どんな言い草だ。失礼にも、ほどがある。

兄はいつもこうだ。高い場所から他人を——特に風花を見下している。少しばかり顔と頭がいいからと言って、調子に乗っている。

「どこで働くかを決めるのは、由美香さん自身だ。八重さんもそう言っていただろう？」

確かに言っていた。でも背中を押すことだって必要だ。

そんなふうに言ってやろうとしたが、兄はこっちを見もしない。風花の視線を無視して、由美香に話しかける。

「もう決めていらっしゃるんですよね」

由美香が、はっとした顔をしたが、すぐに真剣な眼差《まなざ》しになり、まっすぐな声で返事をした。

「わたしにできるかわかりませんが、やってみようと思っています」

何の話が始まったのかわからないのは、風花だけだった。

「がんばってください」

「ありがとうございます」

風花を蚊帳《かや》の外に置いて、いつの間にか話がまとまっている。

「ええと……」

兄が何の話を始めて、由美香が何を決意したのかわからない。働くのが嫌で、風花からのアルバイトの誘いを断ったのではなかったのか？　それなのに、由美香は晴れやかな顔をしている。

風花には兄が何を考えているのかわからないけれど、景は妹の考えていることがわかるようだ。風花の疑問に答えるように言った。

「由美香さんは、働きたい場所があるんだ」

「働きたい場所？　そうなの？」

どちらに聞くともなく問うと、由美香が小さく頷《うなず》いた。彼女には、やりたい仕事があったのだった。

◯

――お母さんみたいになりたい。

いつのころからか、由美香はそう思うようになっていた。

子どもが母親を好きなのは当然のことで、大好きな人間のようになりたいと思うのも、また当然のことだろう。由美香は、お母さんみたいに他人に優しくできる人間になりたかった。

だから、お母さんの言葉はちゃんとおぼえている。たくさんの思い出がある。例えば、お母さんは滅多に愚痴をこぼさなかったが、定年退職後にふたたび働くことになったときには、こんなことを言っていた。

「入っても、すぐに辞めちゃうのよ。誰でもいいってわけじゃないけど、やっぱり最低限度の頭数は必要なの」

定年退職後も働き続けたのは、お母さん自身の希望もあったけれど、辞められては困る施設側の事情もあったようだ。お母さんがすごく困った顔をしていたことをおぼえている。

高齢化が進んでいる世の中だが、お母さんが働いている介護施設も例外ではなかった。お母さんの葬式のとき、磯貝さんが言っていた。

「今どき珍しくもないでしょうけど、介護施設まで〝老老介護〟よね。何も知らない人が見たら、どっちが介護されてるかわからないんじゃないかなあ」

老老介護とは、六十五歳以上の高齢者が、同年代の高齢者を介護する状況を指す。介護者と被介護者双方が高齢であることから、様々な問題を抱えやすいと言われている。

お母さんが勤めていた介護施設では、理事長である磯貝さんまでが現場に出ているという。過労で倒れる職員も珍しくないようだ。

葬式が終わったあと、由美香はその介護施設のホームページを見た。すると職員募集の告知が出ていた。アルバイトだけでなく、常勤社員も募集している。採用条件はほとんどないに等しく、人手不足は切羽詰まっているようだ。

――ここで働きたい。

自分の気持ちを確認するように、改めてそう思った。由美香が働くことで、誰かの助けになるなら幸せだ。

由美香だって、荷物運びや掃除くらいはできる。体力には自信があるし、徹夜だって厭《いと》わない。若くはないが、老人ではない。由美香は、誰かの役に立ちたかった。世間の役に立ちたかった。

綺麗《きれい》事を言っているように聞こえるかもしれないが、本心だ。由美香の脳裏には、宮沢賢治《みやざわけんじ》の『よだかの星』が浮かんでいる。

醜い鳥のよだかは、他の鳥たちにいじめられ、自分は生きている価値がないと絶望する。そのくせ生きるために虫の命を奪っていることに罪悪感をおぼえ、星になりたいと願い、夜空を飛び続ける。どこまでもどこまでも飛んでいこうとする。

やがて、よだかは力尽きて死に、そのまま青白く輝く星となって、今も夜空に輝いている。

その作品の中に、こんな台詞《せりふ》がある。

「お日さん、お日さん。どうぞ私をあなたの所へ連れてって下さい。灼《や》けて死んでもかまいません。私のようなみにくいからだでも灼けるときには小さなひかりを出すでしょう。どうか私を連れてって下さい。」

由美香は、よだかみたいなものだ。今のままでは生きている価値がない。介護施設で雇ってもらえたら、そして誰かの役に立てたら幸いだ。きっと、生まれてきた意味があると思えるだろう。

けれど、そう思う一方で、自分に自信を持てない。二十年以上もひきこもっていたのだから、自信を持てというほうが無理だ。

試しに履歴書を書いてみると、空白ばかりが目立つ。いくら人手不足でも採用してもらえないような気がした。理事長が現場に出なければならないほどの人手不足の職場で、即戦力にならない人間を雇う余裕があるかわからない。

また、問い合わせが電話というのもハードルが高い。とりあえず他のアルバイトに応募してみようかと思ったが、お母さんの働いていた施設に勤めたいという気持ちは消えなかった。こんな気持ちで他の会社にエントリーしたら失礼だろう。

くろねこカフェから招待状が届いたのは、そんなときだった。そこに行って、くろねこのおやつを――楽花生パイを食べた。

お母さんとすごした日々を思い出し、ほんの少しだけ勇気が出た。風花さんに「働いてみませんか？」と言われて、こんな自分を必要としてくれて嬉《うれ》しかった。

由美香は前向きな気持ちになり、採用されるかわからないけれど、応募してみようと思えた。

ただ不思議なのは、景さんが由美香の気持ちを見抜いていたことだ。由美香が介護施設で働きたいと思っていることを、なぜ知っていたのだろうか？

同じ疑問を抱いたらしく、風花さんが質問した。

「景兄、千里眼？」

確かに、茶色い眼鏡をかけている景さんの目は、何もかも見通す能力を宿しているようにも見える。

「千里眼じゃなくて、ただの経験談だ」景さんが言う。

「経験談……。そっか。そうだよね」風花さんが納得した。

谷中きょうだいは、両親の仕事を引き継いでいたのだ。親のようになりたいと思っているのは、由美香だけではなかった。

「介護施設で働きたいと考えていらっしゃるとわかったのは、他にも理由があります。理由というより、答えを知っていたと言うべきでしょうか」

「答え？」

「ええ。八重さんがそうなるんじゃないかとおっしゃっていたんです」

そういうことか、由美香は納得する。千里眼は、景さんではなく、由美香のお母さんだったんだ、と。

由美香はもう一口、楽花生パイを食べた。やっぱり美味《おい》しかった。思い出のおやつは、いつだって美味しい。優しい甘さを口いっぱいに感じて、ホロリと泣いた。

オランダ家の楽花生パイ

自社製の落花生蜜煮を白餡と合わせた特製餡は、独特のコクとまろやかさを感じていただける自慢の餡です。原材料の落花生は千葉県産の「千葉半立」「ナカテユタカ」の2種をブレンドし風味や歯ざわりを追究しています。

また、パイ生地はバターにもこだわり、マーガリンやショートニングなど使わず100%バターを使用しているため、芳醇な香りと生地の美味しさを味わっていただけます。

（オランダ家ウェブサイトより）

第二話

猫とティラミス

砂時計の砂が落ちていくように、知っている人間が減っていく。さっきまで普通に歩いていた人間がいなくなる。

ずっとテレビで見ていた有名人の訃報《ふほう》を聞くたびに、置いていかれたような気持ちになる。自分と同世代の人間が死ぬことも珍しくなくなった。同級生で鬼籍に入った者もいる。

「人生なんて、あっという間ね」

荒居恵美《あらいえみ》は、一人暮らしの一軒家で独りごちる。人生の晩年に差しかかっていることを、毎日のように感じていた。

だが、恵美はまだ六十七歳で、日本人女性の平均寿命を考えると、あと二十年は生きるはずだ。

「平均なんて当てにならないけどね」

そう呟《つぶや》きながら、仏壇を見た。若いとは言えないまでも、まだ年寄りには見えない男の写真が置いてあった。

夫の遺影だ。五年前に他界している。ちょうど恵美の五つ年上だから、今の恵美の年齢で死んだことになる。

「そんなに急いで逝かなくていいのに」恵美は、写真の夫に苦情を言った。おかげで一人になってしまった。娘はいるが、韓国で家庭を持っていて、日本に帰ってくる気配はなかった。

でも、見捨てられてはいないと思う。親子仲は悪くないし、三日に一度は電話で話している。ネットを介して、やり取りすることもある。

こっちで一緒に暮らしましょうよ。

夫が死んだとき、娘が言ってくれた。一度だけでなく、何度も誘ってくれる。娘の配偶者も、恵美が自国に来ることを待っているという。

実際、電話で何度か話したが、その声は優しかった。外国の人なのに、綺麗《きれい》な日本語を話す。

「ありがたい話だけどねえ」

六十歳をすぎて異国に移住する勇気はなかった。言葉が通じないのは心細いし、日本が一番暮らしやすいと信じているということもあった。また、先祖代々の墓を守りたかったし、夫が建ててくれたこの家もある。それに加えて、家に猫がいた。

「みゃあ……」

縞《しま》三毛猫の小梅《こうめ》だ。大切な家族だ。夫の忘れ形見でもある。残しては行けないが、外国に連れていって大丈夫なのかもわからない。

○

小梅が我が家にやって来たのは、およそ五年前のことだ。どこかの人でなしが、恵美の家の庭先に捨てた。たぶん、捨てた。

敷地に捨てられるのは初めてだけど、このあたりは捨て猫が多い。ひどい話だ。思い出すたび恵美は憤慨する。

そのころ、夫は余命宣告を受けて自宅で療養していた。体調が悪くなったら、病院に戻ることになっていた。

「この家で死にたい」

そう言っていたこともあるが、病気が見つかってからは言わなくなった。恵美に負担をかけないようにしようと思っているのだろう。遠くない時期に病院に戻るつもりでいたようだ。

「楽に死なせてくれるそうだ」

治療ではなく、苦痛を緩和するケアを受けることになっていた。恵美は、何も言えなかった。

朝一番に新聞を取りにいくのは、夫が若いころからの習慣で、病気にかかってからも、よほど調子が悪くないかぎり自分で取りにいく。

この日もそうだった。恵美が朝食の支度をしていると、起き出して庭に出ていった。それほど広い庭ではないから、普段は三分もかからず戻ってくる。

でも、この日は帰って来なかった。

十分経っても、足音が聞こえてこない。

恵美は不安になった。季節は冬で、気温は零下に近い。元気でも応《こた》える寒さだ。鍋《なべ》の火を止めて、走るようにして庭に出た。すると、しゃがみ込んでいる夫の背中が見えた。

「あなたっ！　大丈夫っ⁉」

恵美は、近所中に聞こえそうな声で叫んだ。けれど返事をしたのは、夫ではなかった。

「みゃあ……」

猫の鳴き声が聞こえた。夫は具合が悪くなったのではなかった。角度的に見えなかっただけで、しゃがんで子猫を撫《な》でていたのだった。生まれたばかりに見える小さな縞三毛猫が、夫の足もとにいた。

その子猫の頭を撫でながら、夫が恵美に許可を求めるように聞いてきた。

「家に入れてやってもいいかね」

そして、白い息を吐きながら付け加える。

「この寒い中、こんな小さな猫を放っておいたら死んでしまう」

恵美は、自分の身体が震えるのがわかった。寒さのせいばかりではない。「死」という言葉が怖かった。耳にするたびに震える。若いころは遠くにあったはずの言葉が、いつの間にか身近になっていた。

「もちろん、いいわよ。これも何かの縁だから、家で飼いましょう」

どうにか震えを抑えて、軽い感じに聞こえるように心がけて返事をしたが、それに対する夫の言葉は重いものだった。

「おまえに世話をしてもらうことになるが、いいかね」

自分がいなくなったあとのことを言っているのだ、とわかった。恵美は、その言葉の意味に気づかないふりをした。

「一緒に可愛がってあげましょうよ」

下手な芝居だった。いや芝居にさえなっていない。恵美の目には、涙があふれていた。若いころから嘘は苦手だった。すぐ顔に出てしまう。

夫は優しい人で、いつだって恵美の嘘を見逃してくれる。このときも何も言わずに静かに頷《うなず》いた。恵美の涙から目を逸《そ》らすように子猫を抱き上げ、話しかける。

「今日から、うちの子だ。よろしくな」

「みゃあ……」子猫が真面目な顔で答えた。

縞三毛猫は我が家の一員になった。動物病院に連れていったところ病気や怪我は見つからず、メスだとわかった。やっぱり生まれたばかりらしい。

念のため飼い主をさがしてみたが、現れなかった。あるいは、野良猫が産んだ子なのかもしれない。家に迎え入れたあとも、しばらくのあいだ、子猫は不安そうに震えていた。

「もう大丈夫だ。おまえには、家がある。誰もおまえをいじめない」

「みゃあ……」

子猫とそんな会話を交わしてから、夫が「小梅」と名付けた。子猫を拾った庭先に、梅の木があったからだ。春になると、可愛らしい白い花を咲かせる。この家を建てたときに、恵美の希望で植えたものだった。梅は寿命の長い植物で、百年以上生存することもある。

一緒に長生きしましょうね。

そんな願いを込めて植えてもらったのが、昨日のことのように思える。そして、その願いは叶《かな》いそうにない。

○

猫なりに拾われた恩を感じているのか、小梅は夫に懐いていた。夫がどこかに行くときはついていこうとしたし、夜になると一緒の布団で眠った。夫も子猫を可愛がっていた。幼いころの娘を思い出しているのかもしれない。韓国に行ってしまった娘は父親っ子だった。

「ひとりで寝られるようにならなきゃ駄目だぞ」そう小梅に言い聞かせる夫の顔は優しかった。

「あなたのことを本当のお父さんだと思っているのよ」

恵美がそう言うと、夫はまんざらでもない顔をした。子猫に懐かれて嬉《うれ》しかったようだ。そんな夫の顔がおかしくて、恵美は大笑いした。

穏やかで幸せな日々があった。けれど、そんな幸せは一ヶ月も続かなかった。とうとう、夫が倒れてしまった。ようやく咲き始めた梅の花を見ているときに、庭先で倒れた。

誰よりも早く、小梅が気づいた。外に出してもらえない小梅は、廊下の窓から夫の姿を見ていた。そして、夫が倒れたのを見て鳴いた。

「みゃあ……。みゃあ……」

恵美が異変に気づくまで、ずっと鳴いていた。子猫の声が、夫の耳に届いたのかはわからない。

その後、救急車で病院に運ばれたが、意識は戻らなかった。呆気《あっけ》なく死んでしまった。

あとには、寄る辺のない老女と子猫と梅の木が残された。自分を愛してくれた人間は、もう、この世にいない。

○

夫が家と貯金を残してくれたおかげで、贅沢《ぜいたく》をしなければ年金でどうにか暮らすことができた。

働きに出ることも考えたが、運転免許証を持っていない上に、事故を起こすのが怖くて自転車も乗らなくなっていた。歩いて通える範囲には、恵美を雇ってくれそうな会社も店もなかった。そんな事情もあって、夫の死後も働かないまま五年の歳月が流れた。

もともと、あまり外に出るタイプではない。若いころから、家にいるほうが好きだった。

誘われて友人がやっている保護猫活動に参加したこともあった。路上や劣悪な環境で生活している猫を保護し、里親をさがす手伝いをした。保護猫の譲渡会の受付をやったこともある。不幸な境遇の猫を一匹でも減らしたいと思っていた。

けれど、その友人が他界してからは足が遠のいていた。友人を思い出して、悲しくて泣いてしまいそうになるからだ。たいした金額ではないが、保護猫活動への寄付だけは続けている。

その代わりというわけではないけれど、SNSを本格的に始めた。夫がいたころからアカウントは作ってあったが、今までろくに投稿したことがなかった。

「猫くらいしか投稿するものがないけど」

そんな独り言を呟《つぶや》きながら、小梅の写真を毎日投稿した。

すると、正確な年齢も性別も知らない人たちだが、恵美が小梅の写真を投稿するとコメントをくれる。

たったそれだけのことだけど、生きる励みになった。韓国に行ってしまった娘までもが恵美のSNSを見て、反応してくれた。「小梅ちゃん、可愛いね」と書き込んでくれた。

小梅がいなかったら、こんなに毎日投稿できなかっただろう。内弁慶な恵美だが、不思議と猫の話はできた。

「あなたのおかげで、この歳になって友達ができたわ」

小梅にお礼を言うと、どこまで人間の言葉がわかっているかは不明だが、ちゃんと返事をしてくれる。

「みゃあ……」

夫が死んでから、鳴き声が小さくなったような気がする。でも、それは恵美も同じだ。大切な人を失った悲しみは、いろいろなものを奪っていく。何年経っても、もとには戻らない。

「何年経ってもって、わたしはあと何年生きられるのかしら」自分で呟き、急に不安になった。

今のところ元気だが、いつ何が起こるかわからない年齢だ。夫だって病気が見つかるまでは、寝込んだことさえなかった。死んだあとのことを考えておくべき年齢なのかもしれない。

まだ若い、まだ若いと思っているうちに人は年老いて、手遅れになるものだ。病気になってからでは、満足に動くことができなくなる。考えたくないが、認知症を患う可能性だってある。そこまでいかなくとも、判断力は日に日に鈍っていく。若いころのままではいられない。

恵美は、自分がいなくなったあとの世界を考える。たぶん、娘は大丈夫だろう。頼りになる配偶者がいるし、彼女自身にも安定した収入があった。その上、親思いの息子もいる。行く末が案じられるのは、この子だけだ。恵美は、ふたたび小梅に視線を向けた。

「みゃあ……」

見られたことがわかったらしく、不思議そうに首を傾《かたむ》けた。我が家にやってきたときから、小梅はそれほど大きくなっていない。大きくならない種類の猫だったようだ。

「あなた、まだ若いのよね」

「みゃあ……」

小さな声で返事をした。猫の言葉はわからないけれど、恵美の話し相手になろうとしているようだ。

獣医師の見立てが正しければ、この子はまだ五歳か六歳だ。猫の寿命はそれぞれだが、最近は二十歳を超えて生きているケースも珍しくない。

もし、恵美の身に何かあったら、小梅は取り残されてしまう。娘が引き取ってくれそうな気もするが、海外にいるのだから当てにしないほうがいいだろう。娘には娘の生活がある。

自分が死んだあと、小梅が飢えたり、保健所に送られたりしないようにしなければならない。飼い主の義務だと思うし、小梅がそんなふうになったら、あの世できっと夫に叱られてしまう。

切羽詰まった気持ちになった。人は不安になると、じっとしていられなくなることがある。

恵美も、何もせずにはいられなかった。衝動的に、SNSに小梅の写真を添えて投稿した。

うちの子を飼ってくださる方がいらっしゃいましたら、お声がけください。DMをいただけると幸いです。

ちなみに、推定五歳の女の子で、名前は「小梅」です。

年寄りの一人暮らしだから、いつまで小梅を飼い続けることができるか不安になった、と正直に書いた。他界した夫が可愛がっていた猫だ、ということも付け加えた。

反響は大きかった。恵美に共感してくれたようだ。励ましコメントをたくさんもらい、小梅を飼いたいというＤＭが山のように届いた。怪しげなアカウントを除いても、両手に余るほどの人が希望してくれた。

普段から小梅の写真を投稿しているおかげで親近感を持ってくれているようだ。嬉しい気持ちがある一方で、恵美は困った。

「……どうしましょう？」

応募者が多すぎて、誰を選べばいいのかわからなかった。当たり前だが、現実に会ったことのない人たちばかりなのだ。

本当に小梅を大切にしてくれるかはわからない。ＳＮＳで募ったのが間違いだったのかもしれない、と今さら思った。安易な真似をしてしまった。もう少し後先を考えるべきだった。

でも後悔しても遅い。恵美の投稿は拡散されているし、こうしているあいだもＤＭがパラパラと届く。一日に十件以上は届いた。

そんなとき、一件のＤＭが目についた。

「あら」

思わず声を上げたのは、袖ケ浦市在住と書いてあったからだ。しかも、恵美と会ったことがあるらしい。

一年ほど前になりますが、保護猫活動でお目にかかったことがあります。

松下《まつした》まどか、と名前が書いてあった。さらに読むと、松下まどかは三十六歳で、既婚者だった。

小学校三年生になる娘の莉央《りお》が猫を飼いたがっているという。母娘《おやこ》ともに猫好きで、母子で保護猫活動に参加したことがあったらしい。譲渡会の手伝いをしたという。

そのときに、小梅ちゃんの写真を見せていただきました。

「ああ、あのときの……」

ぼんやりとだが、思い出した。確かに母子連れにスマホの写真や動画を見せた記憶がある。

「よく気づいたわねえ」

恵美は感心する。『荒居』という名字をそのままアカウント名にしているし、袖ケ浦市在住とプロフィールに書いてはいるけれど、自分自身の写真は投稿していない。

実のところ、母娘の顔くらいしか思い出せなかったが、悪い印象は残っていなかった。保護猫活動に興味を持っているのだから、猫をいじめるような人ではないはずだとも思った。

「近所だったら安心よね」

何が安心なのかわからないけれど、見ず知らずの遠くの人に譲渡するよりは抵抗が少なかった。忘れかけているとはいえ、実際に顔を知っているのも安心する理由の一つだろう。

また、娘は当然として、母親も恵美よりは長く生きるはずだ。小梅を託すには、うってつけの相手のように思えた。

「みゃあ……」

いつの間にか、恵美と一緒にパソコンのディスプレイをのぞき込んでいた小梅が鳴いた。松下まどかからのDMをじっと見ている。そんなはずはないのに、文字を読んでいるように見える。

「松下さんにお願いしようか？」

相談するように問うと、小梅がふたたび鳴いた。

「みゃあ……」

とにかく一度、会ってみることになった。恵美との顔合わせであり、小梅との顔合わせだ。

小梅を外に出したくなかったから、恵美のほうから都合のいい日を伝えて、この家に来てもらうことにした。とりあえず住所だけ伝えた。松下親子は、恵美からの連絡を待っているはずだ。

でも正直に言うと、恵美はこの時点で後悔していた。あんな投稿をしなければよかった、と何度も思った。

都合の悪い日などないのに、顔合わせの日を決められずにいた。会ってしまったら、小梅を渡さなければならなくなるような気がしたのだ。

「自分で始めたことなのに……」

呟《つぶや》いた声には、ため息が交じっている。松下親子に悪いことをしている。他人に迷惑をかける年寄りにだけはなりたくなかったのに、なってしまった。

けれど、やっぱり連絡する気になれなかった。小梅がいなくなったら、恵美は独りぼっちだ。今さら、この子猫が心のよりどころになっていることに気づいた。

小梅を見るたびに、夫が生きていたころのことを思い出す。こんな自分にも幸せだった日々があったんだ、と思うことができる。

歳を取ると、人は思い出の中で生きるようになる。過去に起こった取るに足らないような小さな幸せを拾い集めて、ときには思い出を美化して、どうにか自分を慰めながら老いていく。

「あなたがいなくなったら、いろいろなことを忘れてしまいそうなの……」

恵美は、小梅に語りかける。孤独な年寄りの自分には、猫くらいしか話し相手がいない。

「楽しかったことや嬉《うれ》しかったこと、幸せだったこと、夫を好きになったこと。みんな、忘れちゃいそうなの」

すでに忘れてしまったことも多いだろう。そう思うと悲しい気持ちになった。歳を取ることは残酷だ。新しい思い出を作ることができないくせに、昔の出来事を忘れてしまう。

「みゃあ……」

小梅がいつものように鳴いてから、身体を恵美に擦りつけてくる。慰めてくれているんだ、とわかった。

夫が死んだあとも、葬式のあとも、独りぼっちになった夜も、小梅はこんなふうに慰めてくれた。恵美のそばにいてくれる。

失いたくないのは、思い出だけではない。小梅と一緒にいたかった。ずっと一緒にいたかった。

「ごめんね……」

涙を流しながら、小梅に謝った。他人に譲渡しようとしたことを謝ったのか、老い先短い身でありながら——最後まで面倒を見られそうもないのに、一緒にいたいと思ったことを謝ったのかはわからない。

そのあとも、恵美の気持ちは振り子細工のおもちゃみたいに揺れた。先のことを考えれば、自分より若い人に小梅を託すべきだろう。

そう思うと、断りの連絡をするのも躊躇《ためら》われた。このとき、恵美は自分の都合しか考えていなかった。自分のことだけで、いっぱいいっぱいだった。

最後に連絡を取ってから、そろそろ二ヶ月が経とうとしていたが、松下親子からの催促はなかった。母親のSNSを見ても更新が止まっている。新しいDMも届いていない。

この家の住所を知っているのだから訪ねてくることも可能なのに、そんな気配もなかった。

「忘れちゃったのかしら」

責めるつもりもなく呟いた。若い人、特に子どもは飽きやすいものだ。友達と遊んだり、家族旅行に行ったり、学校に行ったりしているうちに、猫のことなど、どうでもよくなったのかもしれない。

「それなら、それでいいけど」

「みゃあ……」

なんとなく腑《ふ》に落ちなかったが、こちらから連絡しようとは思わなかった。このまま立ち消えになることを願っていたのだ。

○

そんなある日のことだ。松下まどかが久しぶりにSNSを更新した。


昨日、娘が旅立ちました。

短いあいだでしたが、皆様と仲よくさせていただき、あの子も喜んでおりました。心より感謝申し上げます。


息が止まりそうになった。

衝撃を受けたのは、恵美だけではなかったようだ。莉央はSNSにも登場していたので、多くの人は彼女を知っていた。

「本当ですか?」とネットの誰かが聞いた。嘘だと思ったのではなく、幼い子どもが死ぬということが信じられなかったのだろう。恵美も同じ気持ちだ。信じたくなかった。

皆の質問に答えるように、まどかの投稿は続いた。莉央は生まれつき身体が弱く、心臓に欠陥があった。物心ついたころから、手術と入退院を繰り返していたというのだ。

今までSNSでは、そのことに触れていなかった。莉央本人がそう望んだからだった。

普通の女の子でいたい。

SNSでは、どんな人間にもなれる。お金持ちや美男美女を装う人間も多いらしいが、莉央は普通の子どもを装おうとした。

ネットの世界だけでも、元気な子どもでいようとしたのだ。あるいは、同情されたくなかったのかもしれない。

「みゃあ……」

小梅の鳴き声が、遠くに聞こえた。恵美は、そっちを見ることさえできない。何も書き込まず、ただ呆然《ぼうぜん》としていた。

まだ残っているはずの砂時計の砂が、突然、落ち切ってしまったような気分に襲われた。

落ちた砂は二度と戻らない。どこか遠くへいってしまった。

その日のうちに、恵美はSNSをやめた。自分のせいで死んだとまでは思わないけれど、病気の少女をがっかりさせてしまったのは事実だろう。

「ごめんなさい……」

謝っても、死んでしまった女の子には届かない。今ごろになって保護猫活動で会ったときの莉央の顔が思い浮かんだ。

笑っている顔だった。よっぽど猫が好きなのだろう。恵美のスマホに写った小梅の写真を見て、楽しそうに笑っていた。小梅と暮らすのが、少女の望みだったのかもしれない。

誰かが死ぬのは辛《つら》いことだ。ましてや子どもが死ぬのは、胸が苦しくなる。悲しくて悲しくて耐えられない気持ちになる。

「どうして、死んじゃうの？」

問いかけても、返事はない。自分で言っておきながら、誰に質問したのかもわからない。

人は必ず死ぬのに、生まれてくる。自分の意思とは関係なく生まれてくる。しかも、夫や莉央のように、ある日突然、命を奪われてしまう。苦しみながら死ぬ者だって多い。

この世は残酷で理不尽だ。

恵美は、いっそう外出しなくなった。夫の墓参りさえ、滅多に行かなくなった。外に出る気力を失っていたのだ。年寄りが出歩いても、若い人に迷惑をかけるだけだ、とも思った。

夫の建ててくれた家は、穏やかな静寂に包まれている。ネットをやらなければ、そして外に出なければ、誰かを傷つけることはない。自分みたいな年寄りは、死ぬまでこの家から出ないほうがいいのかもしれない。

ときどき庭に出て、梅の木に触れてみる。夫の姿が思い浮かび、恵美はまた泣いた。最近は、泣いてばかりいる。

「みゃあ……」

小梅が心配してくれるが、涙は止まらない。泣いているだけで一日が終わってしまいそうだった。

梅の木のそばで泣いていると、ふいにオートバイの音が聞こえてきた。門の前で止まったみたいだから、たぶん郵便屋さんだろう。

庭先の梅の木を植えてある位置からは、ポストは見えない。道路からは死角になっていて、向こうからも見えないはずだった。だから声もかけなかった。ご苦労さまとも言わずに黙っている。

オートバイの音がふたたび聞こえ、遠ざかっていった。やっぱり、郵便配達だったみたいだ。

恵美は涙を拭《ふ》いて、何が届いたのか見にいった。

ポストをのぞくと、一通の黒い封筒が入っていた。お洒落《しゃれ》なデザインの封筒だ。市町村からのお知らせにも、請求書の類《たぐい》にも見えなかった。

どうせ、またダイレクトメールだろう。どうやって調べているのかわからないが、頻繁に届く。

「お墓もマンションもいらないから」

そう呟《つぶや》いて、破り捨てようとしたときだ。封筒の裏面に書いてある差出人の名前が目に飛び込んできた。

子どもの筆跡で、こう書かれていた。

松下莉央

あの子だ。

金縛りに遭ったみたいになって、全身から血の気が引いていくのがわかった。自分でも、よく倒れなかったものだと思う。息苦しいほどの圧迫感をおぼえた。どうにか深呼吸をして、恵美は呟く。

「いたずら……じゃないわよね」

なぜ、そう思ったのかわからない。本人の筆跡など知らないのに、莉央から来た手紙だと直感でわかった。

その場で開封した。すると、黒猫のイラストの付いたカードが入っていた。招待状だった。

荒居恵美さま
このたび、くろねこカフェでお茶会を開催することになりました。
お忙しいとは存じますが、お時間を割いていただければ幸いです。
なお、お茶会にはくろねこのおやつをご用意して、心よりお待ちしております。

松下莉央

もう一枚、紙が同封されていて、くろねこのおやつの説明、お茶会の開催日時、カフェの住所と地図、連絡先が印刷されていた。自宅の仏間に入って、改めて封筒の中身を読んだ。

コーヒーの美味《おい》しい喫茶店が、海辺にあることは知っている。『くろねこカフェ』という名前ではなかったような気もするけれど、招待状に書かれた住所を見るかぎり同じ場所だ。恵美が若かったころから、その喫茶店は存在していた。少なくとも二十年前にはあった。

そう言えるのは、一度だけ行ったことがあったからだ。三十代だか四十代だかのときに、夫と一緒に足を運んだ。

遠い昔のことなのに、そのときに聞いた夫の言葉は今でもおぼえている。

たまには、いいだろう。

ずっと家にいる恵美に気を使ってくれたのだろう。外出が苦手だったこともあって、若いころから運動不足になりがちだった。今だって運動不足だ。足腰が弱りかけている。

「そうね。たまには出かけようかしら」

もう、この世にいない夫に返事をした。あの世から恵美のことを心配してくれているような気がしたからだ。

「みゃあ……」

小梅が賛成するように鳴いた。ずっと家にひきこもっている恵美を心配しているようにも見えた。

本で読んだ知識だが、猫は飼い主を手のかかる駄目な猫だと思っていて、自分が飼い主の面倒を見てやらなければならない、と考えているという説があるらしい。猫は、狩りによって自分の食料を自ら確保する能力を持っている。そのため、猫は、狩りができない存在を、自分よりも弱く、未熟な存在と認識する傾向にあるという見解だ。

確かに、恵美は弱くて未熟だ。自分で勝手にやったことに落ち込んで、小梅に心配をかけている。

「みゃあ……」

小梅がすり寄ってきた。恵美は「ありがとうね」と呟き、それから招待状に書かれた文字を口にした。

「くろねこのおやつ」

それが何なのかの説明が同封されていたし、折り込み広告で見た記憶もあった。恵美自身、生前予約に興味を持っているから、その広告をよくおぼえている。こんなキャッチコピーが付いていた。

あなたなら、最後のおやつに何を用意しますか？

どんな人間でも、永遠には生きることができない。死んでしまったら終わりだ。あの世というものが存在するのかはわからないが、少なくとも、この世界にはいられなくなる。つながりの糸は断たれ、二度と話せない。

けれど思いは残る。優しい思い出を残してくれる。くろねこのおやつは、その思い出を紡ぐものだ。幻かもしれないが、断たれたはずの糸をつないでくれる。

押しつけがましいと感じる者もいるかもしれないが、恵美は夫からくろねこのお茶会に招かれたかった。どんな思いを抱いて旅立っていったのかを知りたかった。

だが、夫は生前予約そのものを申し込んでいない。そもそも、くろねこのおやつをやっている葬儀会社には頼まなかった。

恵美も、生前予約を検討してはいるけれど、くろねこのおやつを申し込むつもりはない。お茶会に招く人間がいないからだ。

娘を思い浮かべたが、葬式ならともかく、おやつを食べるために韓国から呼ぶのは申し訳ない。だから、申し込まなかった。まさか小梅を招待するわけにはいかないだろう。

一度しか会ったことのない少女が、そのお茶会に恵美を招待してくれたのだ。よい予感はしなかった。

だって、いつまでも猫を渡そうとせず、顔合わせの段取りさえつけなかったのだから、恵美を恨んでいたはずだ。

「当たり前よね」

「みゃあ……」

小梅が首を傾けた。頷《うなず》いているようでもあり、首を横に振ったようでもあった。実際には、恵美の声に反応しただけだろうが。

とにかく、恵美は恨まれている。特に母親のまどかは、娘以上に腹を立てているはずだ。恵美がまどかの立場だったら、そんな年寄りは許さない。いや許せない。

そこまでわかっているからこそ、本当は逃げ出したかった。招待状を無視したかった。

でも臆病《おくびょう》な年寄りは、そうすることもできない。行かなかったら、今より大きな罪悪感に襲われるとわかっていたからだ。

自分には恨み言を聞く義務がある。そう思った。

遺影の夫は何も言わない。窓の外では、葉の落ちた梅の木が佇《たたず》んでいる。恵美は、そっと息を吐いた。


くろねこのお茶会が開催される日になった。小梅に留守を頼み、恵美は一人暮らしの家を出た。

カレンダーは十月なのに、まだ夏が残っているような暑さだった。朝晩は涼しくなったものの、日中は三十度近くまで気温が上がる。台風も大型化していて、毎年のように大きな被害が出る。今も、巨大台風が日本に接近しているという。

昔と変わってしまった季節に植物も驚いているのか、海に向かう道の途中にある公園で桜が咲いていた。

いつから、そこに植えられているのかはわからない。ずっと、ここにあるような気もするし、これまで見たことがなかったような気もする。若いころにどこかで見た景色と交じっていることも多くて、恵美の記憶は曖昧《あいまい》だ。歳を取ると、みんな、こんなふうになるのかもしれない。

「まだ大丈夫よね」

腕時計を見た。半世紀近く使っている国産メーカーの腕時計は、いまだに正確に時を刻む。午後二時をすぎたところだった。

恵美の家は、海から歩いて十分くらいの場所にある。くろねこカフェまでも、そんなものだろう。お茶会は午後三時に始まると書いてあるから、年寄りの足でも余裕で間に合うはずだ。

その算段は間違っておらず、十分ちょっとで海辺に着いた。台風が近づいているせいなのか風が吹いていて、砂浜には誰もいなかった。まるで海を貸し切りにしたみたいな感じだ。

だが、気持ちは晴れない。当たり前だ。身勝手な自分のせいで、幼い病気の女の子を悲しませたのだから。病気の女の子に嘘をついてしまったのだから。

日射しは強いが、風があるおかげで道を歩いているときよりも暑くない。恵美は、海を見ながら歩いた。

そうして歩いていくと、砂で作られたトンネルを見つけた。誰かが、さっきまでここで遊んでいたようだ。風に吹かれて崩れかかってはいるけれど、立派なトンネルだった。

「どこかの子どもが作ったのかしら」

子どもがいたような痕跡《こんせき》はなかったが、恵美はそう呟《つぶや》いた。韓国に行ってしまった娘が、砂場や海辺でトンネルを作るのが好きだったことを思い出したのだ。

幼稚園のときは、近所の公園の砂場の主みたいになっていた。いつも大きなトンネルを作っては、恵美に自慢した。

「もう、ずっと昔のことね」

月日が経つのは、本当に速い。あっという間に、何もかもが思い出になってしまう。過去の出来事になってしまう。残されている未来より、終わってしまった過去のほうがずっと多い。

何度目かのため息をついたとき、ふいに、黒猫が目の前を横切っていった。一瞬、幻を見ているのかと思ったが、恵美の顔を見ると「にゃあ」と鳴いた。そして、小さな足跡を残して、どこかに行ってしまった。

「今のは現実よね」

自分に言い聞かせるように呟き、意味もなく視線をさまよわせた。すると、古民家風の建物が目に入った。

かすかにだが、見覚えがある。たぶん、夫と一緒に来たことのある店だ。やっぱり、あれが『くろねこカフェ』なのだろうか？

あのとき、二人を出迎えてくれたのは綺麗《きれい》な女性だった。名前は忘れてしまったけれど、店長だと名乗った記憶がある。

年齢は聞かなかったが、間違いなく恵美より年下だった。今日も、あの女性に会えるのかもしれない。店名を変えただけなら、店長は替わっていないような気もする。

とりあえず、本当にくろねこカフェなのか確認しようと歩み寄った。ゆったりとした一階建ての木造建築だが、窓が大きく、一般的な民家には見えない。

また、黒猫をかたどったプレートが入り口のドアにかけてあって、洒落《しゃれ》た白抜き文字でこう書かれていた。

くろねこカフェ
本日は貸し切りです。

やっぱり間違いなかった。ここで躊躇《ためら》っていたら、中に入れなくなってしまいそうだったから、何も考えないようにしてドアを引いた。

りん、とドアベルらしきものが鳴った。風鈴の音にも似ているが、遠くまで聞こえそうなほど、その音色は澄んでいた。恵美が着くのを待っていたのだろうか。即座に、出迎える声が上がった。

「いらっしゃいませ！」

「え？」

挨拶《あいさつ》もせずに聞き返してしまったのは、自分を出迎えてくれたのが、子どもだったからだ。小学校低学年くらいに見える男の子が、入り口の前に立っていた。

この店の子どもだろうか？　あの女性の子どもにしては幼すぎる気もしたが、余計なお世話だろう。

そう思っていると、男の子が口上を述べ始めた。

「ええと……。くろねこカフェの山田航太《やまだこうた》です。あ……荒居恵美さまでいらっしゃいますよね？　あの……お待ちしておりました」

どうにもたどたどしい。使い慣れていない言葉を無理にしゃべっているみたいだ。

恵美は質問する。

「ここの店員さんなの？」

男の子が頷きかけたが、即座に否定された。

「――違います」

そう答えたのは、航太ではなかった。店の奥から、まだ二十代に見える男性が現れた。

真っ先に目に入ったのは、男性のかけている薄茶色の眼鏡だ。恵美の世代だと、加齢や病気で見えにくくなった視力を矯正するためにかける人もいるが、この男性の場合はファッションだろう。実際、よく似合っていた。ファッションモデルだと言われても、恵美は信じた。

ただ、少しだけ取っつきにくい雰囲気がある。顔立ちが整いすぎているせいかもしれない。

「違いますって、そんな、はっきり言わなくてもいいじゃん」航太が抗議する。親しげな口調だ。

しかし男性は冷たかった。

「はっきり言うべき問題なんです。労働基準法で十三歳未満の児童を労働に使用してはならないと定められていますし、同様に、児童福祉法に違反することになりますから」

小学生相手に堅苦しいことを言い始めた。理屈っぽい男性みたいだ。少年の言葉を冗談として受け流すつもりはないらしい。

「また難しいことを言う」

航太は口を尖《とが》らせるが、薄茶色の眼鏡をかけた男性は取り合わない。恵美に向き直り、改めて言った。

「彼は、本日のお茶会のゲストの一人です。くろねこカフェの店員ではありません。申し訳ありませんでした」

勝手に出迎えたようだ。そこまではいいとして、「本日のお茶会のゲスト」という説明がわからない。莉央の兄か弟だろうか？

そんな恵美の疑問をよそに、男性が自己紹介を始めた。

「申し遅れましたが、くろねこカフェの店長の谷中景です」

「わたし、荒居恵美です。招待状をいただきました」

自己紹介を返しながら、夫と一緒に来たときと経営者が替わってしまったことを寂しく思った。他に店員はいないようだ。

あの女性はどこに行ったのだろうか？

みんな、どこかに行ってしまう。波の音が、なぜか遠くに聞こえた。袖ケ浦の海には、誰もいない。

「窓際の席をご用意させていただきました」

景が、テーブルに案内してくれた。そこには、三人分の席が準備されていた。誰の席だろう、とは思わなかった。航太がゲストの一人なら、残りの席はあと一つだ。座る人間は決まっている。

丸テーブルで、三つの椅子が置いてあった。その三つの椅子を線で結べば、正三角形になる。どの席も均等に離れていた。

景は、神経質なタイプみたいだ。決まった通り道を歩く猫のように、店内を移動している。

「ありがとう」恵美はお礼を言って、案内された席に座った。

航太も同じテーブルに着いたが、もうしゃべらなかった。黙っている。落ち込んでいるようにも見えた。さっき恵美を出迎えたときの声は、空元気だったのかもしれない。

「くろねこのおやつをご用意いたしますので、お時間までお待ちください」景はお辞儀をしてキッチンに行ってしまった。

礼儀正しいが、どうも素っ気ない。客と雑談をしない方針なのか、あるいは、恵美の犯した罪を知っていて話す気にならないのか。

考えても仕方のないことだ。恨まれたり軽蔑《けいべつ》されたりするのを覚悟して、ここにやって来たのだから、今さら気にするのはやめよう。自分は、これから起こることの全部を受け入れなければならないのだから。

恵美は店内を見て時間を潰《つぶ》すことにした。滅多に飲食店に行かないこともあって、物珍しい。

飴色《あめいろ》に光る木製の椅子やテーブルが並び、くすんだ色合いのレンガ調の壁が店内を包み、飾り気のない吊《つ》りランプが天井からぶら下がっていた。その壁には、黒猫の姿をした掛け時計と小さな黒板がある。どれも年季が入っていた。

黒板には、いくつかのハーブティーの名前と「本日のおやつ」の文字が書かれている。

夫と一緒に来たときにも黒板はあったような記憶があるが、これと同じものなのかはわからない。ただ当時はハーブティーはなかったはずだ。確か、コーヒーが売りの店だった。

やがて時計の針が午後三時を指した。その瞬間、ドアが開き、「りん……」と風鈴に似た音が鳴った。

見えない糸に引っ張られるように、恵美は入り口に顔を向けた。三十代後半に見える小柄な女性がドアを開けたところだった。

保護猫活動のときの記憶がよみがえり、すぐに誰だかわかった。目を瞑《つぶ》りたくなったけれど、そんな真似は許されない。逃げ出したくなる気持ちを抑えていると、小柄な女性が言った。

「遅くなりました。松下莉央の母です」

くろねこのお茶会の三人目の参加者は、死んでしまった少女の母親——松下まどかだった。

挨拶をする暇もなく話は進んだ。

景がキッチンから出てきて、まどかを出迎えると、すぐに彼女をテーブルに案内した。それから、くろねこのお茶会の始まりを宣言した。

「それでは、松下莉央さまからご注文いただいたおやつをお持ちいたします」

ふたたびキッチンに行ってしまったが、用意してあったのだろう。何分もしないうちに戻ってきた。お盆に三人分のケーキを載せている。

足音を立てないようにしているのか、用心深いとも思える足取りでテーブルに近づき、「こちらになります」とケーキの載った皿を置いた。

そのケーキには、ココアパウダーが振りかけられていて、上品で優雅な雰囲気を醸し出している。横からケーキを見ると、層が積み重なっていた。濃厚なクリームとスポンジケーキの組み合わせになっているようだ。コーヒー色が層を際立たせている。

洋菓子に詳しくない恵美でも知っている有名なスイーツだ。ケーキ屋だけでなく、スーパーやコンビニでも売られているのを見かけたこともある。もちろん、食べたこともあった。大好物というほどではないが、嫌いではない。

「ティラミスになります」景が紹介した。

「皆さまもご存じだと思いますが、有名なイタリアのデザート菓子です。通常、バニラエッセンスやエスプレッソに浸したスポンジケーキと、マスカルポーネチーズや生クリームを混ぜ合わせたクリームを重ねて作られます。初期のレシピはマスカルポーネチーズ、コーヒー、卵、砂糖、レディフィンガーを用いるものでしたが、現在では、レシピは多岐にわたり、地域や個々のシェフの好みによって異なることがあります。日本でもティラミスは人気の洋菓子となり、その結果、イチゴやチョコレートのティラミスなど原形から離れたものもあるようです」

理屈っぽい説明だった。航太が呆《あき》れた口調で、「景兄ちゃん、長いって。そんなの、誰も聞いてないから」と言った。

実際、恵美は聞き流していた。聞いてもわからなかっただろうし、お菓子の由来や変遷に興味を持つ余裕がなかったのだ。

景は景で、航太の言葉に動じることなく、ティラミスに添えられている飲み物を紹介する。

「本日は、カフェ・ラテを用意いたしました」

ミルクがたっぷりと入っているらしく、乳白色に近い見た目だった。

「ちなみに、イタリアでは、『カフェ・ラテ』という言葉は、エスプレッソに温かい牛乳を加えたものを指すことが多いと言われています。この場合、コーヒーと牛乳の比率は通常4対1となっています」

ただ、その比率は厳密なものではなく、地域や個人の好みによって差があるとも言った。目の前に置かれたカフェ・ラテは、明らかに牛乳のほうが多い。莉央の好みだったのだろう。

少女のことを思いながら、カフェ・ラテから立ちのぼる湯気を見ていると、航太が景に質問した。

「ティラミスってスプーンで食べるものなの?」

確かに、テーブルにはフォークは置かれていなかった。どうでもいいことのようにも思えたが、スプーンだけが添えられているのにも理由があった。

「ティラミスは、マスカルポーネチーズを使ったクリームと、エスプレッソコーヒーを染み込ませたスポンジを交互に重ねて作られます。つまり、層状の構造を持っているんです。スプーンを使って食べることで、各層の風味を一緒に楽しむことができます」

理科の実験の話を聞いているみたいだった。スプーンとフォークのどちらで食べるのが美味《おい》しいか、なんて考えたこともなかった。家で食べるときも、適当に食べていた。夫などは箸《はし》で食べようとしたことがあったくらいだ。

「どうぞ、お召し上がりください」景は促す。

いただきます、と最初に手を合わせたのは、まどかだった。真面目な顔つきでスプーンを取り、ティラミスを食べ始めた。

航太がそれに続き、恵美も真似をする。いただきます、と言ってから、ティラミスをスプーンですくって、口に入れた。

絹のように滑らかで濃厚なマスカルポーネチーズが口の中でとろけ、コーヒーの豊かな風味が広がった。甘さと苦みが絶妙なバランスだ。

景が作ったのだろうか。市販のものより、味も香りも濃厚だった。こんなに美味しいティラミスを食べたのは、初めてかもしれない。ミルクたっぷりのカフェ・ラテとも相性がいい。

けれど、やっぱり、心の底からは楽しめなかった。当然だ。娘を喪《うしな》ったばかりの母親が、目の前にいるのだから。

罵《のの》られる覚悟をしていたけれど、まどかはそんな素振りを見せない。ただ静かにティラミスを食べている。航太も無言でケーキを口に運んでいる。普段の二人を知らないこともあって、何を考えているのかわからない。

窓の外から波の音が聞こえてくるような、静かな時間が流れた。

時計の針が進んでいく。くろねこカフェだけが、世界から取り残されているような気持ちになった。

もうすぐティラミスを食べ終えようかというとき、それまで口数の少なかったまどかが口を開き、誰に言うともなく呟《つぶや》いた。

「ティラミスは、莉央の大好物でした」

過去形で娘のことを話す母親の目は潤んでいる。ふたたび罪悪感に襲われた。恵美はその顔を見ていられず、視線を落として、食べかけのティラミスを見ているふりをした。奥歯をぎゅっと嚙《か》み締め、胸の痛みを堪《こら》えた。

「り……莉央ちゃん、すごく……お菓子に詳しかったんだよ」

航太が口を挟んだ。声に嗚咽《おえつ》が交じっている。少年を見ると、今にも泣きそうな顔をしていた。

「そうなんです。お菓子博士だったんです」

航太だけではなく、この場にいる全員に教えるように言った。子どもは、いろいろな物事に興味を持つものだ。恵美の子どものころも、昆虫博士やアイドル博士などがいた。恵美の娘は、リカちゃん人形の研究家だった。

莉央はケーキが大好きで、入院中も洋菓子図鑑を手放さなかったという。ＹｏｕＴｕｂｅでお菓子作り動画や食べ歩き動画もよく見ていたらしい。

昔のことを思い出しながら、黙って話を聞いていると、ふいに、心臓に冷たい刃《やいば》を突きつけられた。

「あと、猫が大好きでした」まどかが言ったのだった。

とうとう、この瞬間がやって来た。恵美は奥歯をいっそう嚙み締めた。不誠実な態度を取ったことを――いつまで経っても連絡しなかったことを、まどかに責められるのだと思った。

だが、まどかが何か言うより先に、景が口を挟んだ。

「『ティラミス』の意味をご存じですか?」

こっちを見ている。恵美に向かって聞いているようだ。唐突だし、質問の意図がわからなかったが、とりあえず返事をする。

「いいえ。知りません」

景は、他の二人には聞かなかった。今まで以上に静かな声で、ティラミスの意味を教えてくれた。

わたしを元気づけて。

息が止まりそうになった。恵美の全身が強張《こわば》っていた。それでも謝らずにはいられない。言葉を押し出した。

「ご……ごめんなさい」

テーブルに額がつくほど頭を下げた。自分でもわかるほどに声が震えた。膝《ひざ》もガクガクと震えている。

誰も返事をしなかった。まどかも景も黙っている。カフェに沈黙が落ちたが、その空白はすぐに埋まった。航太が質問を投げかけてきたのだった。

「何を謝ってるの？」

不思議そうな声だった。どうやら、この少年は何も知らないようだ。話したくはなかったけれど、この場で自分の罪を隠すことはできない。

「莉央ちゃんに恨まれるようなことをしたの」

猫を譲渡する約束をしておきながら、別れがたくなって、顔合わせの段取りをつけなかったことを話した。

――わたしを元気づけて。

それは、きっと、恵美に対する抗議だ。どうして嘘をついたの、と死んでしまった少女に責められている気がした。

恵美がそこまで言ったとき、少年が大声を出した。堰《せき》を切ったように声を上げたのだった。

「そんなわけないじゃん！　優しい莉央ちゃんが、誰かを恨むわけないじゃん！　あり得ないから！　絶対にあり得ないから！」

大粒の涙を流しながら、自分の大切なものを守るように叫んだ。海の向こう側まで届きそうな声だった。その声に寄り添うように、まどかが言葉を継いだ。

「本当です。莉央は恨んでいませんでした。それどころか、荒居さんに励まされていました」

「え？」

恵美は顔を上げた。戸惑っていた。言われた言葉の意味がわからなかった。一度しか会ったことがないのに、自分に励まされた？

その一度にしても、励ましたおぼえはなかった。少女が病気だったと知らなかったのだから、励ますはずがない。

「本当です」

まどかが繰り返した。

「小梅ちゃんの写真を、SNSに投稿してくださっていましたよね。入院しているあいだも、ずっと、その写真を見ていたんです」

まどかの目から、ほろりと涙がこぼれた。それをぬぐいもせず、まだ生きていたころの莉央の言葉を恵美に伝えてくれた。意識を失う少し前に、莉央が言ったという言葉だ。

小梅ちゃんが幸せでいてくれたら、すごく嬉《うれ》しい。ネットでしか見たことがないけど、大好きだよ。

わたしは先に死んじゃうけど、小梅ちゃんは元気でいてね。天国に行っても、見てるから。ずっと見てるから。ずっとずっと見てるから。

ティラミスは、自分を元気づけてくれた恵美の投稿へのお礼だったのだ。莉央は恨んでなんかいなかった。

たった一枚の写真に、わずか数行の投稿に救われることがある。元気をもらえることがある。

恵美もそうだった。夫が他界したあと、会ったこともない人々に支えられて、どうにか生きてきた。生きることができた。

おはようございます。

朝晩は涼しくなりましたね。

小梅ちゃん、可愛い！

お休みなさい。また明日《あした》。

そんな他愛のないやり取りに癒《い》やされ、励まされ、新しい友人が何人もできたような気持ちになった。いや、会ったことがなくても、本名すら知らなくても大切な友人たちだ。

「でも……」

これで許されたわけではない。結果的にそうなっただけとは言え、病気の少女を騙《だま》したことが消えるわけではないのだ。恵美は下を向いた。食べかけのティラミスが、皿の上で崩れかかっている。

続きの言葉を言えなくて、今日何度目かの沈黙が広がった。今度の沈黙は長かったけれど、永遠に続きはしなかった。

恵美がどうしようもない気持ちを抱えて項垂《うなだ》れると、まどかが意を決したような口調で言った。

「謝らなければならないのは、わたしたちなんです」

誰も、口を開かなかった。恵美も黙って話を聞く。それは、死んでしまった少女の物語だった。

「荒居さんに連絡したときには、もう猫を飼える状態じゃなかったんです。莉央は、ベッドから起き上がることもできなくなっていました」

そう続けたまどかの頬を涙が伝い落ちていく。しかし、下を向かなかった。悲しいだろうに、まっすぐに前を見て言葉を紡ぐ。

「そんなとき、あの子が荒居さんの猫を譲るという投稿を見て、『小梅ちゃんと暮らしたい』って言い出したんです。一緒に眠って、一緒に遊びたいって……」

松下家はマンションに住んでいて、ペットを飼うことはできなかったし、「猫を飼いたい」と莉央に言われたこともなかった。保護猫活動とSNSに投稿される猫画像で満足しているように見えた。

だが、それは親に気を使っているだけだった。子どもは両親が大好きで、困らせないように黙っていることがある。

「何のわがままも言わなかったあの子が、最後に『小梅ちゃんと暮らしたい』って言ったんです」

それで恵美から猫をもらおうと、連絡をしたのだった。死期が迫っていることを言わなかったのは、親としては当然なのかもしれない。我が子が死んでしまうことを認めたくなかったのだろう。

絶望の中にあっても、人は奇跡を思い描くものだから。訪れないとわかっている未来を想像してしまうものだから。

「余命わずかだと宣告されていましたが、親としては治ると信じたかった。莉央が死ぬなんて信じたくなかったし、口にしたくなかった」

まどかは、元気になって小梅と暮らす我が子の姿を想像し、また、願っていた。けれど、願いは叶《かな》わなかった。

猫に会いに行く暇もなく、莉央は意識を失ってしまった。そして、そのまま帰らぬ人となった。

人間の願いは、いつだって神さまに届かない。神さまは、本当に残酷だ。生きることは残酷だ。

涙をこらえきれなくなったのだろう。まどかはハンカチで自分の目を押さえ、しばらく顔を隠して泣いた。

やがて顔を上げると、嗚咽《おえつ》の交じった声で付け加えた。

「あの子が、くろねこのおやつを申し込んだことを知らなかったんです」

くろねこのおやつは、葬式の生前予約のオプションだ。娘の闘病中に、母親が我が子の葬式を申し込むはずがない。そんな未来を想像するわけがない。でも、すると、このお茶会が開かれていることが説明できなくなる。

「おれが、莉央ちゃんに話したんです」

航太が口を挟んだ。涙をぬぐいもせず、さっきから泣き続けているせいで目が真っ赤だ。

「もちろん莉央ちゃんにすすめたわけじゃなくて、おれが申し込んだときの話をしたんです」

「申し込んだ？」

恵美が問うと、少年が頷《うなず》き、「手術したことがあるんです」と答えた。元気に見えるが、この少年も入院していたことがあるらしい。そこで莉央と知り合い、退院後も莉央のお見舞いに行っていたと言った。

退院したら、くろねこカフェにケーキを食べにいこう。

航太はそう誘うつもりで、この店の話をした。お菓子が大好きな莉央の気を引こうとしたのだろう。元気になってほしかったのだろう。

だが、莉央は航太の誘いに乗ってこなかった。ベッドから起き上がることさえできないのに、家に帰れるわけがない。そう思ったのだろう。このまま病院で死ぬことを覚悟していたようだ。

老人と呼ばれる年齢になっても、死ぬことは怖い。ましてや莉央は幼い少女だ。怖いに決まっている。恐ろしいに決まっている。少女は、ベッドに横たわったまま泣き出してしまった。

このとき、まどかは病室にいなくて、航太一人だった。どうしていいかわからず途方に暮れていると、莉央が呟《つぶや》くように言った。

わたし、おばあちゃんに謝りたい。

おばあちゃんというのは、恵美のことだとわかった。だが、何を謝りたいのかわからない。

恵美が黙っていると、航太がそのときに聞いた言葉を口にした。

「飼えないってわかっていたけど、どうしても小梅ちゃんと一緒に暮らしてみたかったんだって。それでわがままを言って、おばあちゃんに迷惑かけちゃったって」

恵美の脳裏に、小梅と暮らす少女の姿が浮かんだ。あったかもしれない時間の中で、小梅は首を傾げ、莉央は笑っている。病気のない想像の世界で、楽しそうに笑っている。

「おばあちゃん。あのさ」

航太が恵美を呼ぶ。

「小梅ちゃんとずっと暮らしなよ。もし、おばあちゃんが病気とかになったら、小梅ちゃんはおれが引き取るから。母さんにも話してあるから。おれ、ちゃんと面倒見るから」

涙と嗚咽で返事をできずにいると、まどかが恵美に頭を下げた。

「わたしからもお願いします。莉央に言われたんです」

「言われた？」

「ええ」まどかは頷き、娘の言葉を伝えてくれた。

わたしは病気になっちゃったけど、おばあちゃんと小梅ちゃんは元気でいてほしいな。

わたしの分まで長生きしてほしいな。ずっと、ずっと仲よくしていてほしいな。

悲しみに耐えられなかった。堪《こら》えきれずに、恵美は声をあげて泣いてしまった。子どもみたいに泣いた。

◯

くろねこのお茶会は終わり、恵美とまどかは店から出ていった。これから線香を上げに、松下家に行くという。

莉央の遺骨は、まだ墓に納められていない。四十九日の法事までマンションに置かれている。

「一緒に行きましょう」

そう航太も誘われたが、今日は断った。頼まれたわけではなかったけれど、後片付けを手伝うつもりで、くろねこカフェに残った。

航太は、炊事も掃除もたいしてできない。景の妹の風花と同レベルだと言われる程度だ。あそこまで酷《ひど》いとは思わないけど、まあ似たようなものだろう。

いつも邪魔にされるので、今日も「帰れ」と言われると思ったが、景は何も言わなかった。無言でテーブルを拭《ふ》いている。

今に始まったことではないが、景はとにかく無口だ。口を開けば理屈っぽいし、説教じみたことばかり言う。しかも、航太よりずっと年上で、普通に考えれば話しにくい相手だ。

でも、景には心を開かせる雰囲気がある。黙っていると辛《つら》くなりそうなことを話せる人だった。航太は、話したいことがあった。

「おれ、莉央ちゃんのこと、ちょっとだけ好きだったんだ」

何の前置きもせずに言った。初恋だった。誰かを好きになったのは、初めてのことだった。

だけど、その相手は死んでしまった。

好きだという気持ちを伝える度胸も暇もなかった。言えばよかった、と何度も思う。取り返すことのできない後悔があった。

航太の突然の告白を聞いても、景は動じなかった。航太は、景が動揺している姿を見たことがない。

重い病気になって手術を受けたあとだって、涼しい顔をしていた。もともとクールだったけど、茶色い眼鏡をかけるようになってからは、ますます表情が変わらなくなった気がする。話すときも、どこか遠くを見ているようで、航太と目を合わせなくなった。

このときも、航太のほうを見もしなかった。そのくせ、はっきり言った。

「嘘ですね」

航太は驚かなかった。やっぱり、お見通しだった。心のどこかで、そう言われることを予想していたからだ。

だから正直に言い直した。

「……うん。嘘。ちょっとじゃなくて、すごく好きだった」

まぶたに残っていた涙が、ぽろりと落ちた。景は、その涙を見逃してくれた。また少し時計の針が進んだ。

ティラミス

イタリア菓子といえばティラミス！　と誰しもが思い浮かべるほど、日本でも有名になったこのドルチェ。日本では1990年代にティラミスブームも起きた。だが、イタリアで伝統菓子の文献を調べていると、ティラミスの名は出てこない。長い食文化の歴史を誇るイタリアでは、つい最近登場した新しいドルチェなのである。

原型となったのはかつてズバトゥディン（sbatudin）と呼ばれていたザバイオーネで、ヴェネトではこれにバイコリを浸して食べていた。1981年、そこからインスピレーションを得たトレヴィーゾのシェフが「ティラミス」の名でレストランで初めて出したところ大好評。ティラミスは「私を上に引きあげて！」を意味し、風邪や疲労時の栄養補給に食べられていたザバイオーネがベースになっていることからも、「食べればおいしくて元気が出ますよ！」という意味が込められていることがわかる。

（誠文堂新光社『イタリア菓子図鑑　お菓子の由来と作り方』より）

第三話

泣きたい夜のマロングラッセ

あの日も、桜が咲いていた。

暖かい風が吹いていて、薄紅色の花びらが舞っていたことをおぼえている。彼女と交わした会話も忘れていない。

今となっては遠い昔のことなのに、田村勉《たむらつとむ》の心に残っている。何度も繰り返して見ているお気に入りの映画みたいに、彼女の表情も、彼女と話したことも、彼女が着ていた洋服さえおぼえている。

きっと、自分は死ぬまで忘れないだろう。「昭和《しょうわ》」と呼ばれた時代に起こったささやかな出来事を。

○

「綺麗《きれい》な桜ですね」

「本当ねえ」

日出子《ひでこ》が穏やかな声で返事をした。このとき二人は二十六歳で、同じ職場に勤めていて、公立中学校の教師だった。一日の仕事が終わり、校庭に植えられた桜を眺めながら、帰り道を歩いていた。

桜は、春の訪れを告げる花であり、人々を明るく元気にさせる効果があると考えられている。そのため、戦時中においても、桜は国民の士気高揚のために、広く植樹されていたと言われている。この桜も、戦時中に植えられたものらしい。

平和な現代では、子どもたちや教職員の目を楽しませてくれる桜の花だが、出征する若者たちを見送った過去があるのだ。戦争で、たくさんの若者が桜の花びらのように散った。満足に学ぶことも、恋をすることもできずに死んでいった。

そう思うからだろうか。薄紅色の花はどこか物悲しい。ぼんやり見ているだけで、涙があふれそうになることがある。

また、校庭で桜が咲く風景は、卒業式を――生徒たちとの別れを思い浮かべるけれど、教師にとっては異動の季節でもある。同僚との別れの時期でもあった。隣を歩いている彼女とも別れなければならない。

同い年ということもあって、こうして気軽にしゃべっているが、日出子とは同僚以上の関係ではない。プライベートで会ったこともなく、この日もたまたま帰りが一緒になっただけだ。教職員の連絡網はあるけれど、私的な用事で電話をかけることは好ましくない。そもそも、そんな度胸もなかった。

二人とも自家用車を持っておらず、バス通勤をしていた。反対方向のバスに乗らなければならないが、バス停に向かう道は同じだ。

バスの本数は少なく、いつもなら同僚が他に二、三人はいるのに、この日にかぎっていなかった。バス停に向かう道を歩いているのは、自分と日出子の二人だけだった。

最後のチャンスだ。

そう。これは、神さまがくれた最後のチャンスだ。日出子はこの学校に残るが、勉は異動が決まっていた。

新学期が始まったら、もう彼女と会うことはない。こうして話すこともなくなる。

それを思うと、胸の奥が痛くなる。

勉は、日出子に恋していた。彼女のことが好きだった。その気持ちを伝えることができないまま、別れの日を迎えようとしていた。

今まで恋したことがなかったわけではないが、そのすべては勉の片思いで終わっていた。

いや、正確には片思いでさえなかったのかもしれない。これまで一度も、「好きだ」と誰かに伝えたことがなかった。もちろん、告白されたこともない。ずっと、恋愛とは無関係で生きてきた。

そんな自分が、日出子に恋をした。教師同士の恋愛は珍しいことではないし、他の職種と比べても職場結婚は多いほうだと思う。教師同士で結婚することが推奨されている向きさえある。仕事に対する価値観や考え方が似ているため、家庭円満につながりやすいとも言われていた。

勉は遊び人ではないし、独身主義者でもない。早く家庭を持ちたいとすら思っている。

けれど、日出子に対して積極的になれなかった。女性全般に対して消極的だった。度胸がないということもあるが、他にも理由がある。

――おれなんかに好きになられても迷惑だよな。

その思いから逃れられずにいた。思春期のころから、ずっとそう思っている。つまり、自分の顔にコンプレックスがあった。

平凡な目鼻立ちだが、なぜか老けて見えるのだ。まだ二十代なのに、四十すぎだと間違われることもある。

ひどい近眼で、牛乳瓶の底みたいな眼鏡をかけているせいもあるのかもしれない。

服装にしても、「ドブネズミ」と揶揄《やゆ》される薄汚れて見える灰色の背広を後生大事に着ていた。とにかく女性に受ける容姿ではなかった。

男は顔じゃない、と誰もが言うけれど、顔の悪い男は中身も悪いことが多いと勉は思う。子どもならともかく、大人になると性格が顔に出るものだ。実際、勉は平凡で活気に乏しい性格をしていた。しかも臆病《おくびょう》だった。見た目そのままだ。

異動する前に、日出子に気持ちを伝えようと決めていたのに、いざとなると切り出せずにいる。せっかく二人きりになったのに、気の利いた台詞《せりふ》一つ言うことができない。

校庭を出て、学校沿いの歩道を歩き始めた。道沿いにも、桜が植えてある。ここからバス停まで十分もかからない。

今年は暖かくなるのが早かったせいか、薄紅色の花が満開に咲いていて、美しい沫《あわ》雪《ゆき》のように花びらが降っている。彼女の髪に花びらがくっついていたが、取ってやる度胸はない。

話すこともなくなり無言で歩いていくと、とうとうバス停が見えてきた。どちらのバス停にも待っている人間はいなかった。

「それじゃあ」

日出子が頭を下げて、反対側の車線のバス停に行こうとする。別れる寸前になって、勉はやっと言うことができた。

「よ……よかったら、あの……。また自分と会ってください」

それだけ言うのが、やっとだった。声も小さかった。聞こえないふりだって、できたはずだ。

けれど、日出子はちゃんと返事をしてくれた。呆気《あっけ》ないくらい簡単に頷《うなず》いた。

「はい。よろこんで」

「……え？」

思わず聞き返した自分は、やっぱりモテない男なのだろう。頷かれて驚いて、バカみたいに口を開けていた。

◯

人生に奇跡は起こる。夢が叶《かな》うことがある。信じてもらえないだろうけれど、自分でも信じられないけれど、本当だ。

勉は、日出子と恋人同士になった。二人で遊びに行き、お互いの部屋を行き来する関係になった。

「勉さん」そう呼んでくれる。

こんな素敵な女性と交際できると想像したことさえなかった。会えば会うほど、彼女のことを好きになった。

自分も多くの人々のように、いずれ結婚するだろうとは思っていたけれど、それはもっと先のことで、お見合いをして、見知らぬ女性と結婚するのだと漠然と想像していた。

けれど今は違う。結婚したい相手は、一人だけだ。日出子とずっと一緒にいたいと思う。

だから結婚を申し込んだ。付き合い始めて、ちょうど一年後のことだった。海辺にある公園で、勉はプロポーズした。何ヶ月もかけて洒落《しゃれ》た言葉を考えたのだが、口から出たのは工夫のない台詞だった。

「結婚してください」

平凡でありふれた言葉だけど、伝えたいことのすべてが詰まっている。柄でもない洒落た言葉を言ったところで、彼女に気持ちは伝わらないように思えた。今さら気取ったところで、冴《さ》えない男だというのはバレている。

これで振られたら、それまでのことだ。けれど日出子はプロポーズを断らなかった。即答してくれた。

「はい。よろこんで」

一年前に勉が告白したときと同じ言葉で答えたのは、わざとだろう。はにかむように笑いながらそう答えてくれた。

「あ……ありがとう」

勉は、バカみたいに頭を下げた。胸がいっぱいになって、他に言葉が見つからなかった。

彼女の言葉はそれだけではなかった。柔らかく微笑んだあとで、急に真面目な顔になって付け加えた。

「わたしは寂しがり屋だから、一人にしないで」

このときは、当たり前のことを言われたと思った。二人で生きていきたいから結婚するのだ、と。

彼女の言葉に込められた意味に気づかず、若かった勉は「はい」と頷いた。重大な約束をしたことに気づかなかった。

◯

「人生には、三つの坂がある」

もともと誰の言葉だったのかわからないが、スピーチの定番だった。入学式や卒業式、同僚の結婚式などで何度も聞いた。このスピーチを好む年配者は多いのかもしれない。

その言葉は、こんなふうに続く。

上り坂、下り坂、そして、まさか。

手垢《てあか》の付いた言葉だと思うけれど、間違ってはいなかった。上り坂と下り坂を繰り返しながら、勉の人生は続いた。子どもには恵まれなかったが、夫婦仲はよかった。小さな喧嘩《けんか》はあったけれど、たいていはすぐ仲直りをした。

最初は狭いアパートで結婚生活を送っていたが、今後のことを考えて内房《うちぼう》の町に小さな家を買い、そこから学校に通勤した。

このころになると自家用車を買うことができたから、駐車場に二台の軽自動車を並べて、夫婦でそれぞれの職場に通勤するようになった。

教師の仕事は忙しく、子どもたちに勉強を教えるのはやり甲斐《がい》があった。悩んだり、泣いたり、笑ったりしているうちに時間は流れて、若いころは永遠に続くように思えた人生も、やがて終わりに差しかかった。

さしたる出世をすることもなく定年退職し、気づいたときには七十八歳になっていた。本当に、本当に、あっという間だった。

「もう五十年も一緒にいるんだな」

勉は、信じられない気持ちで呟《つぶや》いた。桜の咲く校庭の横で交際を申し込んだのが、昨日のことのように思えるのに、半世紀以上も経ってしまった。

「まるで邯鄲《かんたん》の夢だな」

思い浮かべたのは、中国の故事だ。その内容は有名だ。

盧生《ろせい》は、邯鄲の都で道士と出会い、不思議な枕を借りる。うたた寝をすると、立身出世をした夢を見た。長い、長い夢だった。

しかし、目が覚めると、現実世界では粟《あわ》が炊きあがるまでのわずかな時間しか経っていなかった。夢の中で過ごした数十年の栄華は、すべて夢だった。

だが、勉が年老いたのは現実で、たぶん目が覚めることはない。人生が終わりかけていて、若いころには戻れない。また戻りたいとも思っていなかった。足りないところはあるにせよ、おおよそ自分の人生に満足していた。愛する人と一緒に暮らすことができて幸せだ。

勉の隣には、すっかり白髪頭になった日出子が座っている。このとき二人で縁側に座って、猫の額ほどの庭を眺めていた。何を植えてあるわけではない。

強いて言えば、道沿いに植えてある桜が遠くに見える。ただ、その桜もすっかり散っている。つまらない眺めだが、飽きることなく眺めていた。

「これからも一緒にいてね」日出子は言う。

「もちろん」勉は答えた。

幸いなことに身体の調子はいいし、二人でスポーツジムに行ったりウォーキングをしたりと運動もしているから、あと十年は元気でいられると思っている。

しかし勉も日出子も、もうすぐ八十歳だ。自分では元気だと思っていても、いつ何が起こるかわからない。特に男性の平均寿命は女性より短く、八十歳そこそこだった記憶がある。

健康上の問題で日常生活が制限されることなく生活できる期間――いわゆる『健康寿命』は、さらに短い。

男の七十八歳は、病気で寝たきりや認知症になっても不思議のない年齢と言える。交通事故や階段で転んで命を落とす可能性だってある。運転免許証は返納しているが、道を歩けば常に事故に巻き込まれる危険がある。

心配すればキリがないとわかってはいるけれど、もう若くないことを受け入れる時期が来ているのは事実だ。

だから夫婦で話し合って、葬式の生前予約を申し込んでおくことにした。勉は、自分が先に死ぬんだと思っているのだが、勝手な思い込みではないだろう。男女の平均寿命を見れば明白だ。

つまり、日出子になるべく面倒をかけたくなくて、生前予約を申し込むことにしたのだった。

たくさんある葬儀会社から、メモリアルホール谷中を選んだ。勉の教え子の結婚相手がやっていた葬儀店だったからだ。その教え子自身は、海辺で喫茶店を経営していた。

定年退職してから、ときどきコーヒーを飲みにいくようになった。味も雰囲気もよく、地元でも評判がいいらしい。

たまたま、そこに顔を出した教え子の配偶者ともしゃべったことがある。自分たちみたいな年寄り夫婦相手に、丁寧に接してくれた。葬儀会社を経営しているというが、偉ぶったところのない腰の低い男性だった。教え子は幸せになったようだ。

「中学生のときから、しっかりしていたからなあ」

幾度となく、それこそ喫茶店に行くたびに昔話を繰り返した。歳を取ると、同じ会話を繰り返しがちになる。教え子の成功が自分の手柄のように思えて、自慢したい気持ちもあった。

けれど、ある日を境に足を運ばなくなった。教え子夫婦が自動車事故に遭って、命を落としてしまったのだ。

その話を聞いたとき、勉は目の前が真っ暗になった。呻《うめ》き声を上げたことをおぼえている。

「……勘弁してくれ」

人の寿命を決めている誰かに向かって言った。自分より年下の人間が、特に教え子が死ぬたびに、胸が張り裂けそうになる。

何人もの教え子の葬式に出たが、慣れることはない。慣れるどころか、年を追うごとに辛《つら》さが増していた。老人の自分より先に死ぬんじゃない、と叫びたくなる。この世の理不尽さに泣き出したくなる。だからこそ、教え子の忘れ形見を応援したいという気持ちがあった。

日出子もメモリアルホール谷中を気に入ったようだ。正確には、そこでやっているサービスに惹《ひ》かれていた。生前予約のパンフレットにも、新聞広告にも、こんな文言が書かれていた。

あなたなら、最後のおやつに何を用意しますか?

葬式の数日後に故人と親しかった人間を招いて、カフェでおやつを食べるというオプション商品のキャッチコピーだ。

生前予約しておけば、自分が死んだあとに、大切な人——例えば、家族や友人におやつを振る舞うことができる。本人のいないお茶会の生前予約だ。

葬式や法事とは別の流れで行われるから、あくまでも私的な会合だ。親戚《しんせき》や近所の人たちに気を使う必要もなく、自由に人を招くことができる。たいていの場合、四十九日の納骨前に行われるが、そう決まっているわけではない。希望すれば、一年後でも二年後でも十年後でもいいという。

面白いアイディアだとは思うが、勉自身は申し込む必要性を感じなかった。本音を言えば、自分の葬式はどうでもよかった。できるだけ、お金をかけずに済ませてほしいと思う気持ちがあった。

日出子に一円でも多く残してやりたかった。生まれた時代がよかったおかげで、少なくない額の年金をもらっているけれど、年寄りの一人暮らしは、いつ何が起こるかわからない。いざというときに頼れるのは、お金だけだ。

「おれは、葬式だけでいいかな」

「そう。わたしは申し込むわ」

くろねこのおやつについては夫婦で意見が分かれたが、葬式の生前予約自体は二人で申し込んだ。社長である教え子の娘自らが担当してくれた。老夫婦の希望をしっかり聞いてくれた。

「これで安心ね」日出子が帰る道すがら言った。

「ああ、いつでも死ねる」勉は答えた。もちろん冗談のつもりだった。まだまだ二人で長生きするつもりだった。

○

日出子が死んだのは、その半月後のことだった。台所で心筋梗塞《しんきんこうそく》を起こして死んでしまった。

勉は抜け殻のようになった。

日出子の希望通りに、生前予約で頼んだ通りに葬式をやってもらった。悲しいはずなのに涙は流れず、ただぼんやりと妻を見送った。かつての同僚や教え子たちが来てくれたようだが、挨拶《あいさつ》をした記憶もない。

葬式を終えると、勉は一人になった。四十九日の法事のときに納骨をすることになっているので、それまで日出子の遺骨と一緒だが、話しかけても返事はしてくれなかった。二人の家なのに、勉しかいない。

独りぼっちの時間は、ゆっくりと流れた。日出子のいない時間を、どうすごしていいのかわからなかった。

知り合いがやっているフリースクールや子ども食堂を手伝いに行ったこともあるが、この年齢では足手まといになってしまうし、そもそも勉一人では行く気になれない。ボランティアに行くのは、日出子のほうが積極的だった。勉は、引っ張られるようにして参加していた。

今後のことを考えて介護施設に入ることも考えたが、資料を取り寄せる気にはなれなかった。妻とすごしたこの家から離れたくなかったからだ。

若いころに建てた家は古びてしまったけれど、日出子との思い出は消えることがない。一緒にごはんを食べたり、二人でテレビを見たりした毎日は戻ってこないが、勉の記憶に刻み込まれている。幸せだった思い出が残っている。この家から離れたら、そんな思い出さえ失ってしまいそうだった。

そんなとき、オランダ元首相夫妻がともに安楽死をしたというニュースを知った。七十年連れ添った夫婦が、手を取り合って旅立っていったのだというのだ。

日本では認められないだろうし、反対する意見もあるだろう。でも羨《うらや》ましかった。手をつないで一緒に死ぬことができたら、どんなに幸せだっただろう。

もう、生きていても仕方がない。

早く妻のところに行きたい、と思いながら暮らした。自殺しなかったのは、その気力さえなかったからだし、心のどこかで自殺したら妻のところに——天国に行けなくなるという思いがあったからだ。

クリスチャンではないけれど、天国はあってほしいと思っている。そこで日出子と再会することだけが、勉の夢だった。早く彼女に会いたかった。もう一度、プロポーズすると決めていた。

何もしていなくても、時間は流れていく。暦は音を立てずに進んでいき、妻が死んでから一ヶ月ほどが経った。

来週には四十九日の法事をやって、日出子の遺骨を墓に納めることになっている。勉の両親が眠っている田村家の墓に入ることになっていた。

時計を見ると、昼すぎだった。昼食どころか朝食もまともに食べていないが、食欲がなかった。今日だけの話ではなく、日出子が死んでから食べることが面倒くさくなった。

この一ヶ月で、ずいぶん痩《や》せてしまった。鏡を見ると、骨に皮を張ったような老人がいる。世捨て人みたいな顔をしていた。

「みたいじゃないな」鏡の向こうの自分が言った。

スポーツジムに行くのをやめ、外出も最低限しかしなくなり、家でテレビを見ることもなく、ただぼんやりと毎日をすごしていた。

けれど、一つだけ忘れることなくやっていることがあった。墓掃除だ。勉にとって最低限の外出の一つだった。

墓石そのものが古い上に、非力な年寄りの仕事なので思うように綺麗《きれい》にならないが、毎日のように霊園に通っている。四十九日の納骨まで、できるだけ掃除しておきたかった。田村家の墓は歩いていける場所にあるから、夕方まで霊園にいる。墓掃除を終えると、いつも同じ言葉を言う。

「もうすぐ女房が来ます。仲よくしてやってください」

日出子のために、両親や会ったこともない先祖たちに頭を下げた。こんなことをして、何か意味があるのかはわからない。芝居がかった真似をしている気分になってしまう。

人は死んだら、どこに行くのだろう？

改めて疑問に思う。

何かの宗教を特別に信じていない勉のイメージは貧困で、神や仏にすがることもできない。その実在を信じることができなかった。

こうなってしまうと、無宗教というのは辛いものだ。すがれるものがあったほうが楽なのかもしれない。

とにかく霊園に行こうと、勉は動き出した。外で倒れて他人に迷惑をかけないように、買い置きしてあったあんパンを牛乳で流し込んでから、部屋着のまま玄関に行き、靴を履きかけたときだ。

コトリと、目の前の玄関の郵便受けに何かが落ちる音がした。チラシだと思った。そんなものしか届かないからだ。

玄関の戸を開けて外を見たが、すでに配達員の姿はない。遠ざかっていくバイクの音も聞こえなかった。もともと耳が遠かったが、日出子が死んでから、さらに聞こえなくなった。

そんなことさえどうでもよかった。聞こえなくなっても構わないと投げやりに思いながら、郵便受けをのぞき込むと、黒い封筒が入っていた。

やっぱりチラシみたいだ。役場や銀行は、こんな洒落《しゃれ》た封筒は使わない。それでも手に取ってみた。そして、ぎょっとした。

「……どういうことだ？」押し殺したような声が出る。

差出人のところに妻の名前が、それも直筆で書いてあったのだ。手を震わせながら封筒を開けると、黒猫のイラストが描かれた可愛らしいカードと便箋《びんせん》が入っていて、カードには自分と妻の名前が書かれていた。

それは、天国にいるはずの日出子からの招待状だった。

田村勉さま

このたび、くろねこカフェでお茶会を開催することになりました。

お忙しいとは存じますが、お時間を割いていただければ幸いです。

なお、お茶会にはくろねこのおやつをご用意して、心よりお待ちしております。

田村日出子

日出子の字だった。絶対に間違いない。読みやすく、お手本のように整った筆跡だった。恋人同士になる前から、この優しい字を見てきた。

しばらく、妻の名前を見つめていると、ようやく、くろねこのおやつのことを思い出した。今の今まで、すっかり忘れていた。勉は申し込まなかったが、日出子は申し込んでいた。

「おれを招いてくれたのか……」

そう呟《つぶや》いたのは、知らなかったからだ。日出子が先に死ぬとは思っていなかったから、何の質問もしなかった。教え子の誰かを招くのだろうか、と漠然と思った程度だった。

けれど、日出子は勉を招待してくれた。自分が先に死ぬことを予想していたのだろうか？

わからない。

勉には、何もわからない。

同封されている便箋には、くろねこのおやつの説明、お茶会の開催日時、カフェの住所と地図、連絡先が印刷されている。

勉は玄関に立ち尽くしたまま、くろねこカフェから届いた手紙を、何度も何度も読み返した。日出子の文字を、目で追い続けた。

○

何度も言っているように、くろねこカフェを手伝うことは業務の一環だ。

特に、くろねこのお茶会が開催されるときは、なるべく顔を出すように心がけていた。自分の代わりに的場が手伝いに来ることもあるが、風花のほうが頻度は多い。的場が会社にいないと、葬儀の仕事が回らなくなるからだ。

「相変わらず、アルバイトは入って来ないし……」

もはや諦《あきら》めの境地だった。独り言を呟くのも疲れた。

くろねこカフェでの風花の仕事は、ほぼ買い出しだけだ。兄にしては珍しく妹を当てにしているのか、風花が手伝いに来るのを待っていたかのように数日分の買い物を頼まれる。

「助かる」

「景兄にそう言われると、気持ち悪いんだけど」

そんな軽口を叩《たた》きながらも、当てにされるのは満更でもなかった。上機嫌で買い出しに行ってきた。くろねこのおやつの日は貸し切りだから、客はおらず静かだった。

「冷蔵庫とかに入れようか？」

「いや、結構だ。何がどこに入ってるかわからなくなる」

兄はどこまでも神経質だ。広いキッチンでもあるまいし、適当に置いたところで見ればわかるだろうに、風花にやらせてくれない。

「今日は、これで十分だ。助かった。あとは大丈夫だから、家に帰ってゆっくり休んでくれ」と追い出しにかかる。

葬儀会社の勤務時間は終わっているので、兄の言うように帰ってもよかったが、今日のお茶会が気になっていた。

「もう少し、ここにいる。駄目かな」風花は聞く。

「駄目じゃないが、くれぐれも余計な真似はしないでくれ。なるべく動くな。頼むから、じっとしていてくれ」景は言う。

ひどい言われようだ。以前、料理に失敗してキッチンを散らかしたことを、いまだに根に持っているのだろう。

悪いことをしたとは思うけれど、終わってしまったことだ。もう、風花は気にしていない。兄の嫌みや小言にも慣れている。

そんなことよりも、田村勉が心配だった。兄の懇願だか嫌みだかを無視して、風花は話を変えた。

「先生、大丈夫かなあ……」

日出子の葬式のときにも会ったが、抜け殻みたいになっていた。高齢男性が妻に先立たれると、一気に老け込むことがある。認知症になったり、あとを追うように他界したりするケースも見てきた。

風花が眉根《まゆね》を寄せていると、兄がどうでもいいことに文句をつけてきた。

「田村勉さんは、おまえの先生じゃない。教わっていないだろう」

「お母さんの先生なんだから、わたしにとっても先生でいいんだよ」

ため息交じりに言ってやった。こんな自明のことがわからないのか？　兄は理屈にこだわるあまり、面倒くさいことを言い出す傾向にある。いわゆる空気の読めない男だ。

これがモテるのだから、世の女性は顔しか見ていないのだろう。まあ頭も悪くないし、優しいところもあるし、料理も上手だが。

「どうすれば元気になると思う？」

先生を励ましたかった。このままだと病気になってしまう。あの様子では、食事も満足にしていない。もともと痩《や》せていたのに、さらに痩せてしまった。

心配するのは普通だと思うが、景はパワハラ疑惑の相談をしたときと同じようにつれない。

「さあな」

冷たい返事があった。しかも、兄はこっちを見もせず、神経質にテーブルや椅子の位置を直している。

風花は、まじまじと兄の顔を見た。やっぱり、様子がおかしい。手術の後遺症が出ているのだろうか？　風花に気づかれたくなくて、わざと視線を外しているようにも見えた。

「……大丈夫なの？」

体調を聞いたつもりなのだが、景は勘違いしたらしく答えた。

「勉さんの問題だ」

突き放すように言うけれど、体調の悪い声ではなかった。とりあえず安心すると、今度は腹が立ってきた。

「そういう言い方は無責任だと思うけど」

「おれの仕事は、注文を受けたおやつを出すことだ。それ以外のことに責任を負うつもりはない」

「ちょっと冷たくない？」

「心配したふりをすれば、温かくなるのか？」

「そうじゃなくて――」

「田村勉さんは、最愛の女性《ひと》を喪《うしな》ったんだぞ。赤の他人が元気づけられるわけがない。心配したところで、どうにもならないことがある」

「それはそうかもしれないけど――」

「人には、落ち込む権利がある。元気になってほしいなんて、落ち込んでいる人間を見たくないから言っているだけだ。おまえがやろうとしているのは、傲慢《ごうまん》な迷惑行為だ」

「め……迷惑行為……」

復誦《ふくしょう》してから、絶句する。お節介と言われたことはあるが、迷惑行為とまで言われたのは初めてだった。

反論しようにも言葉が出て来ない。また、そんな暇もなかった。風花が絶句した数秒後に、カフェのドアに付けてある呼び鈴が鳴った。

その音色は澄んでいて、遙か遠くまで聞こえそうだった。母が生きていたころと変わらない。誰かが、たぶん先生が来たみたいだ。

◯

招待状を受け取った数日後、勉は海岸に向かった。午前中に墓参りを済ませ、いったん家に帰ってから出てきたのだった。

昨日のうちに散髪に行き、よそゆきの服を着てきた。妻が、くろねこカフェで待っているような気がしたからだ。

現役の教師だったころは、こんなふうにして仕事帰りに待ち合わせをした。結婚して一緒に暮らし始めてからも、ときどき喫茶店で落ち合った。自分も日出子もコーヒーが好きだった。

そのころのことを思い出していた。みすぼらしく老いぼれてしまったけれど、少しでも自分をよく見せたかった。精いっぱいのお洒落《しゃれ》をしてきた。

「笑わないでおくれよ」

家を出る前、妻の遺影に向かってそう言ったが、その言葉は嘘だ。笑われてもいいから、日出子の声を聞きたかった。

弱った年寄りの足でも、三十分もかからず海辺に着いた。秋晴れのいい天気で、空には雲一つなかった。歩いているうちに汗をかいたほどだ。

歩きながら景色を見る。袖ケ浦の砂浜は美しく、日出子が生きていたころと何一つ変わっていない。

こんなふうに、何十年も——もしかすると百年以上も、同じ風景が続いているのかもしれない。自分が死んだあとも、この海辺は変わらないだろう。少なくとも、波の音は同じだ。

どんなにゆっくり歩こうと、道を間違えていなければ目的地に着く。招待状に書かれた時刻の五分前にカフェに着いた。

久しぶりにやって来たが、変わっていなかった。店名が変わろうと、改築しようと、そこにある雰囲気は同じだ。古民家風の建物のドアを引くと、呼び鈴が透き通った音を立てて鳴った。

それは、妻が生きていたころに聞いた音だった。教え子夫婦が生きていたころにも聞いた音だ。三人の顔が鮮明に思い浮かんだ。

過去に続く扉を――思い出の扉を開けたような錯覚に囚《とら》われていると、若い男の声が飛んできた。

「田村勉さま、お待ちしておりました」

見るからに礼儀正しい青年が、入り口の前に立っていた。教え子夫婦の息子である谷中景だ。

何度か、ここで会ったことがあった。子どものころの彼も知っている。すっかり大人になっていた。

薄い色つきの眼鏡をかけている。お洒落でかけているのだろうが、年寄りにはわからない。目が悪いのかと思ってしまう。今も昔も、勉はファッションに疎い。

勉を出迎えてくれたのは、景だけではなかった。その隣に二十歳そこそこに見える女性が立っている。

「先生、いらっしゃいませ」妹の風花が言った。彼女には、日出子の葬式のときに世話になっている。

口を開きたくなかったが、そんなわけにはいかない。元教師としての矜持《きょうじ》もあったし、黙っていては余計な心配をかけてしまう。歳を取ると黙っているだけで体調が悪いと思われがちな上に、状況が状況だ。

「招待状が届いたんだが……」

無理やり押し出した声はひどく掠《かす》れていて、真冬の草木のように枯れていた。挨拶《あいさつ》になっていないし、心配してくれと言わんばかりの声だ。それでも景は普通に応じてくれた。

「はい。お待ちしておりました」

妹よりも、母親似だ。顔もそうだが、声もどことなく似ている。男女の差はあるけれど、若いころの彼女にそっくりだった。改めてきょうだいを見て、兄が母親似で、妹が父親似なのかもしれないと思った。

「窓際の席をご用意いたしました。よろしかったでしょうか?」景に問われる。

「もちろんだよ」勉は答えた。どの席でもよかった。

案内された席は、四人がけのテーブルで、年寄り一人で使うのが申し訳ないほど広かった。大きな窓の向こう側には、歩いてきたばかりの砂浜と海が見える。

景は無口らしく、余計なことを言わなかった。あるいは、勉を気遣って黙っているのかもしれない。

「それでは、お茶会の準備をさせていただきます」

景はお辞儀をして、キッチンに行ってしまった。風花は店内に残っているが、何もしゃべらず壁際のそばに控えている。葬式のときと違って言葉少なだ。ここを仕切っているのは兄で、自分の店ではないからだろう。

勉も話をする気にはなれなかった。ここまで来てもなお、口を開くことが億劫《おっくう》だった。

風花が気を使って話しかけてこないように、窓の外を眺めるふりをした。そうしながら、ふたたび日出子のことを考えた。

目の前に海があるせいだろうか。波の音に記憶を刺激されたのだろうか。いつだったかに、日出子から聞いた言葉を思い出した。

人は死んだら、海の向こう側に行って暮らすの。

どこまで本気で言っているのかわからない口調だったが、発言自体は奇異なものではない。

海上他界観という考え方で、海のそばで生まれ育った勉には共感できる。雲の上に天国があると言われるより、ずっと納得できる。

死後の世界を強く信じることはできないけれど、あるとすれば海の向こう側だろう。自分もそう遠くない未来に、海の向こう側に行くはずだ。そこで、たぶん新しい暮らしが始まる。

勉は、老眼ですっかり衰えてしまった目を細めた。何かをよく見ようとするときの癖だ。この袖ケ浦の海のどこかにいる日出子を見つけようとしたのだ。

けれど日出子はいなかった。人間は誰もいない。海辺は無人だった。その代わり、どこかで見たような黒猫が砂浜を歩いていた。

勉は首を傾げる。見覚えがあるはずなのに、思い出そうとしても思い出せない。この店で会ったような気がするが、はっきりとはわからない。

そうして見ていると、黒猫がふいに立ち止まり、こっちに顔を向けてきた。そんなはずはなかろうが、目をのぞき込まれたように感じた。黒猫は、琥珀《こはく》のような美しい目をしている。

「みゃあ……」

聞こえるはずのない猫の鳴き声が聞こえた——。勉がおぼえているのは、そこまでだ。

何の前触れもなく目の前が真っ暗になった。日出子がいなくなってから、まともに食事を取らず、夜も眠れなかったせいだろうか。何秒か何分かのあいだ、おそらく意識を失っていた。

「お待たせいたしました」

そう声をかけられるまでの記憶がなかった。教え子の声かと思ったが、もちろん違った。

「大丈夫ですか？」

景だった。教え子の息子が眩《まぶ》しい光の中から聞いてきた。その声に打たれたように、暗闇が遠ざかっていった。

「ああ……。大丈夫だ。少しぼんやりしてしまった」

本当に大丈夫なのかはわからない。心臓や血圧がおかしくなっている可能性もあるが、それでも構わない。

死ぬのが怖かったのは、大切な人をこの世に残して逝きたくなかったからだ。独りぼっちになると、生きることへの執着なんて消えてしまう。生きることは辛《つら》いが、死ぬことはきっと容易《たやす》い。

太陽光を求めるように窓の外に目をやると、黒猫の姿は消えていた。どこかへ行ってしまったのか、最初からいなかったのかはわからない。夢を見ていたような気もする。

「大丈夫だ」

勉が繰り返すと、景が仕切り直すように言った。

「お待たせいたしました。ご予約いただいたおやつをお持ちいたしました」

そう言って、テーブルに置いた。そのおやつは、綺麗《きれい》な白い皿に載せられていた。

勉はそれを見つめる。

透明でガラス細工のようなシロップが栗を包み込んでいる。窓の外から差し込んでくる太陽の光を浴びて琥珀色《こはくいろ》に輝き、秋の美しい光景を凝縮したかのように佇《たたず》んでいた。

こんなに美しい菓子を、勉は一つしか知らない。勉の世界には、一つしかない。景がその名前を言った。

「マロングラッセです」

今も昔も、洋菓子はあまり得意ではない。特に歳を取ってからは、洋菓子を食べると胃がもたれることが増えた。バターや生クリームで消化不良を起こすのか、腹が痛くなることがある。

だが、マロングラッセは別だ。バターや生クリームを使っていないからだろうが、胃がもたれることもないし、消化不良も起こさない。味も気に入っていて、若いころからの大好物だった。

よく似た和菓子に、『栗の渋皮煮』がある。勉が好きなのは、マロングラッセのほうだ。

「マロングラッセと渋皮煮の違いについて諸説あるかもしれませんが、ここでは渋皮を丁寧に剝《む》いたものをマロングラッセとさせていただきます」

景が断りの文句を口にした。日出子も似たようなことを言っていたから、勉もそう把握している。

「ちなみにですが、もともと『クレーム・ド・マロン』――つまり『マロンクリーム』は、『マロングラッセ』を作るときに出た破片をクリーム状にしたものだと言われています。その後、このクリームを用いて『モンブラン』が生まれました」と景は続けた。

モンブランとは、フランス発祥の伝統的な洋菓子のことで、フランス語で「白い山」を意味する。アルプスの名峰モンブランに似せて作ったケーキだ。日本でも有名だから、知らない人間はあまりいないだろう。

マロングラッセがなければ、モンブランは生まれなかったのかもしれない。世の中には、そんな関係がいくつも存在する。

日出子がいなかったら、自分はどうなっていただろう？

ふと思った。ずっと独りぼっちで暮らしていたような気がする。お見合いして結婚するのが当たり前の時代だったが、今となっては、他の誰かと暮らす姿は想像できなかった。

勉は、また昔のことを思い出した。未来の少ない年寄りだからだろうか。過去への扉は、簡単に開く。

○

結婚するまで一人暮らしだった上に、日出子と一緒になってからも共働きだったこともあって、勉は家事を厭《いと》わなかった。「手伝う」ではなく、「分担する」のが当然だと思っている。

「男女平等の世の中だ」と偉そうに子どもたちに言うくせに、家では女房に家事を押し付けている同僚への反感もあった。

「やればできる」と他人に発破をかけておきながら、「料理は苦手で」と言い訳する男をたくさん見てきた。口先だけの人間は信用できない。口先だけの人間にはなりたくない。

そんなふうに威張りたいところだが、実のところ、勉もたいしたことがない。例えば、料理はかなり下手だ。

強度の近眼の上に、もともと不器用だということもあるだろうが、細かい包丁仕事をすると手を切ってしまう程度のレベルだ。それでも五十歳前くらいまでは、何とかこなしていた。こまめに料理をしていた。

しかし、老眼になり、目の老化が進むにつれ、手元が怪しくなった。強度の近眼の人間が老眼になると、眼鏡をかけていても苦労する。目が疲れるし、そもそもよく見えない。

勉は栗が大好物だったが、どうにも渋皮が苦手だ。マロングラッセという洋菓子を知ってからは、それぱかり食べていた。

スーパーや洋菓子店で買ってくることもあったけれど、自分で作ったほうが味の調整ができるので、よく作った。当時、菓子作りを趣味にする男性は珍しかったから、とりあえずでも作れることを自慢したい気持ちもあった。

日出子にも振る舞っていたのに、ある日を境に手を切る回数が増えた。病院に行くほどの怪我をしたこともある。老眼になったばかりで見え方が安定していなかったせいもあるし、今ほど眼鏡の質もよくなかったのかもしれない。

そんな惨状を見るに見かねたのだろう。大怪我をして病院で包帯を巻いてもらった翌日、妻が宣言するように言った。

「マロングラッセは、わたしの専売特許にするから」

「専売特許？」

意味がわからず勉が問い返すと、日出子ができの悪い生徒に言い聞かせるように言った。

「そう。あなたは製造も販売もしちゃダメ」

「販売なんてしていないが」

「これからも禁止ね」

「……わかった」

勉が不承不承に頷《うなず》くと、その仕草がおかしかったらしく日出子が破顔した。釣られて、勉も笑った。夫婦で笑い合った。

他人が聞いたら面白くもない会話だろうが、勉は楽しかった。幸せだった。ずっと笑っていた。今でも思い出すと、頬が緩んでくる。幸せな気持ちを思い出すことができる。

その日から、妻はマロングラッセを作ってくれた。勉が自分で作ったものより何倍も美味《おい》しかった。素直にそう言うと、日出子が真面目な顔で答えた。

「それはそうよ。伊達《だて》に専売特許を名乗っていないから」

真顔を作っていられなくなったのだろう。数秒後に、妻は吹き出した。彼女の作るマロングラッセは幸せの味がした。

◯

幸せな瞬間は、永遠には続かない。失われたあとの時間のほうが長いものだ。記憶の中で暮らせたら幸せだろうと思うけれど、その願いは叶《かな》わない。

独りぼっちになった勉は、くろねこカフェで、自分の孫でもおかしくない年齢の青年が作ったマロングラッセを食べようとしている。日出子の作ったものほど美味しくないだろう、と思いながら。

「いただきます」

そう呟《つぶや》いてから、銀色のスプーンでマロングラッセを一粒掬《すく》い、そっと口に運んだ。口に入れた瞬間、栗の甘い香りが鼻を抜け、とろけるように溶けていく。シロップで美しくコーティングされたマロングラッセは、一粒一粒がしっかりとしていて、嚙《か》むと中から濃厚な甘みが溢《あふ》れ出す。砂糖ではなく、栗の甘さを口いっぱいに感じることができた。

「こ……これは……」勉は呟いた。頭の中で、日出子の声が響いた。

マロングラッセは、わたしの専売特許にするから。

日出子の作ったマロングラッセと同じ味だった。まったく同じ味だ。こんなことが、ありうるのだろうか？

言葉を続けることができずに呆然《ぼうぜん》としていると、景がこのマロングラッセの正体を教えてくれた。

「日出子さまから、レシピを教えていただきました」

「妻が――」

あとは言葉にならなかった。くろねこのおやつの打ち合わせに出かけていったことは知っているが、まさか、勉に振る舞うためにマロングラッセの作り方を教えていたなんて。

「この店の専売特許にしてください、とお言葉をいただきました」景が続けた。

勉は、青年の顔を見ることができない。ぼろぼろと流れ落ちる涙が、視界を遮っていた。

人前で泣きたくないのに、涙が止まらない。歳を取ると、涙腺《るいせん》が緩くなる。優しい思い出に触れただけで泣いてしまう。気づいたときには、泣いている。

世界が滲《にじ》んで見える。

景色が歪《ゆが》んで見える。

失われた過去はすぐそこにあるように思えても、もう二度と触れることはできない。

無力な年寄りのできることは、こうして泣くくらいだ。みっともなく泣くくらいだ。

最後の意地みたいに嗚咽《おえつ》を噛み殺していると、景が静かに言った。

「日出子さまから伝言もお預かりしています」

「……伝言？」

問い返すのがやっとの勉の顔を見ながら、くろねこカフェの主《あるじ》が妻の言葉を伝えてくれた。

わたしは寂しがり屋だから、独りぼっちになりたくないんです。だから、あの人――勉さんに結婚を申し込まれたときに、『わたしより長生きして』って頼んだの。約束してもらったの。

このおやつを振る舞っているということは、勉さんは約束を守ってくれたのよね。わたしより長生きしてくれたのよね。

ありがとうって彼に伝えてください。わたしより長生きしてくれて、ありがとうって。最後まで幸せでしたって。幸せな人生でしたって。すごく、すごく愛していますって。

勉は、天を仰いだ。そうしなければ、泣き崩れてしまいそうだったからだ。涙と一緒に思い出があふれてくる。

桜の季節に告白したとき、二枚目でもない自分に「あなたの笑顔が好きだから」と言ってくれた。こんな自分と恋人同士になってくれた。そして、ずっと、ずっと一緒にいてくれた。

そうか。おれは約束を守ったのか。

今こうして生きている意味を嚙み締めた。彼女の願いを叶えたならば、生きている意味がある。

天井に顔を向けたまま泣いていると、それまで黙っていた風花が声をかけてきた。

「先生……」

視線を落とすと、教え子の娘が心配そうな顔で、こっちを見ている。葬式のときも、独りぼっちの年寄りを気にしてくれた。

この世界は優しい。老いぼれて、何の役にも立たなくなった自分を心配してくれる若者がいるのだから。

「大丈夫だ」

見栄を張って答えたが、やっぱり涙を止めることができなくて、窓の外を見るふりをして泣き顔を隠そうとした。

くろねこカフェの窓ガラスには、泣きべそをかいた貧相な老人が映っている。あまりのみすぼらしさに、自分の顔なのに笑ってしまった。すると、ほんの少しだけ、ましな顔になる。

あなたの笑顔が好きだから。

遠い昔に言われた妻の言葉を嚙み締めるようにして、いっそう口角を上げた。泣いてばかりいたら嫌われてしまう。「愛しています」と言ってくれたのに、撤回されてしまう。

大好きな妻に嫌われないように、笑おう。皺《しわ》くちゃの老いぼれになってしまったけれど、まだまだ笑うことはできる。幸せな人生を送っているのだから、笑うことができる。

「大丈夫だ」

自分に言い聞かせるように繰り返した。それから、教え子の子どもたちにお礼を言った。皺くちゃの顔で、泣きながら笑顔で言った。

「美味しいおやつをありがとう」

マロングラッセ
世界三大銘菓のひとつとして古い歴史と伝統のあるお菓子の女王「マロングラッセ」。
紀元前、マケドニアの英雄アレキサンダー大王が最愛の妻ロクサーヌ妃のために作ったことから、ヨーロッパでは永遠の愛を誓う証として、男性が女性にマロングラッセを贈る習慣があります。
（千疋屋総本店ウェブサイトより）

第四話

さよならはベーコンのチョコレートがけ

「岩清水さん宛てですね」メモリアルホール谷中に届いた郵便を整理しながら的場が言った。

風花はそれを見て、ぎょっとした。風花だけではなく、会社にいた全員の動きが止まった。

的場が手にしていたのが、くろねこのお茶会の招待状だったからだ。今さら説明するまでもないけれど、親《ちか》しい人間に不幸があったということである。

葬儀会社に訃報《ふほう》は付きものだが、くろねこカフェから招待状が届いたことはなかった。

的場は平然としている。ポーカーフェイスのまま、封筒に書いてある差出人の名前を読み上げた。

「鈴木《すずき》優斗《ゆうと》さん」

「うちのお客さまだったんですよね」風花は聞いた。メモリアルホール谷中で葬式を挙げたのか、という意味だ。

申込者の希望にもよるが、くろねこのお茶会は四十九日の法事の前——納骨前に開かれることが多い。そのパターンでいくと、鈴木優斗は最近亡くなったということになる。いくら風花が忘れっぽくても、さすがにおぼえているはずだ。だが、記憶になかった。

「客ではなく、うちの社員だった人だ」

「え？」

「葬式は、他で挙げたと言っていた。母方の親戚《しんせき》に葬儀会社に勤めている人がいるそうだ」

「ええ？」

質問しておいて、風花は驚いた。そこまで把握しているのか。的場は悪びれることなく続ける。

「少し前のことになるが、『くろねこのおやつを申し込みたい』とカフェに連絡があったと聞いている」

「えええっ？」

驚いてばかりいる。何も知らなかった。風花が重ねて問おうとしたとき、それまで黙って話を聞いていた岩清水が言葉を発した。

「わたし個人への手紙が会社に届いたようで、申し訳ありません。以後、このようなことがないように気をつけます」

切り上げ口調だった。何を言う暇もなかった。岩清水は、くろねこのお茶会の招待状を受け取ると、「お先に失礼します」と呟《つぶや》くように言って、さっさと帰っていった。時計を見ると、ちょうど岩清水の勤務時間が終わったところだった。

「お疲れさまでした」的場が声をかけた。

岩清水が帰り、的場も退社した。会社に残っているのは、風花だけだった。人手不足のせいでワンオペの時間ができている。

客はおらず、今のところ急な電話もかかってこないので、風花は会社のデータに当たってみた。「鈴木優斗」とパソコンに入力すると、メモリアルホール谷中の退職者だということがわかった。およそ六年前に、わずか半年だけ勤務して辞めている。新卒で入社したのに、辞めてしまったのだ。

「そんな人がいたっけ……」風花は首を傾げた。子どものころから弁当を届けたり掃除を手伝ったりと、メモリアルホール谷中に出入りしていたが、その名前は記憶に残っていなかった。

それも仕方のない話なのかもしれない。辞めていく人間が珍しくない職場だ。アルバイトを含めると、数え切れないくらい退職している。

六年前というのが、また厄介だ。退職者の個人情報の保管義務は、現在では五年、改正法施行前の二〇二二年三月までは三年だった。

鈴木優斗については、三年の保管義務が適用され、履歴書を始めとする資料はほとんど残っていなかった。個人情報は最低限しかパソコンに入力しないというメモリアルホール谷中の方針もある。入力しなければ、流出することもないという理屈だ。

的場は何か知っているみたいだけれど、その何かを話すつもりはないようだ。聞いても、はぐらかされる。

八方塞《はっぽうふさ》がりのようだが、調べる方法はある。たいていの葬儀会社がそうであるように、メモリアルホール谷中でも出入りの業者は決まっている。

例えば、父が社長だったころから付き合いのある生花店だ。葬式の設営を手伝ってもらうことも多く、メモリアルホール谷中の社員たちも面識がある。また、出入りの業者同士のつながりもあり、他の葬儀店にも生花を卸しているので、いろいろな噂を耳にすることもあるだろう。

その生花店は袖ケ浦市内にあって、会社からも風花の家からも歩いていける距離にある。両親の墓に供える花は、この店で買うことにしていた。公私にわたって親しくしている。

「行ってみるか」風花は狙いを定めた。シフトの交代が来るのを待って会社をあとにし、生花店に向かった。

「こんにちは」

そう声をかけながら生花店に入ると、そろそろ六十歳になろうかという女性――店長が出迎えてくれた。

「あら、風花ちゃん。いらっしゃい！　相変わらず可愛いわね！」

お世辞から入るのは、いつものことだ。客はおらず、店内にいるのは彼女だけだった。普段はアルバイトを雇っているが、この時間は一人でやっているみたいだ。話を聞くには、うってつけの状況と言える。

もちろん何も買わずに質問するような真似はしない。自宅マンションの仏壇に供える花を買ってから、用件を切り出した。

「以前、うちの会社で働いていた鈴木優斗さんって、ご存じですか？」

「え？　優斗くん……」

反応があった。しかも呼び方は親しげで、知っている様子だ。ただ、商売上の愛想のよさは消え、警戒するような表情になった。

「どうして今ごろになって、辞めちゃった人のことを聞くの？　しかも、わたしなんかに」

そう聞かれることは予想していたから、風花は用意してきた言い訳を口にする。

「退職者の名簿を整理しているんです。そろそろ年賀状の用意をしないといけない時期ですから」

外部の人間に聞いている時点でおかしいが、風花の両親が急逝してバタバタしていたことを知っているからか、生花店の主《あるじ》は不自然に思わなかったようだ。

「もう年賀状の用意をしているなんて、早いわねえ」

「できるときにやっておかないと、あっという間に時期がすぎちゃいますから。油断すると、年賀状の存在を忘れちゃうんですよ」

あながち嘘でもない言葉を言ってから、本題に入った。

「あと、うちの会社、すぐ辞めちゃう人が多くて困っているんです。それで対策を立てようと調べているんです。内部からだと見えないところもありますから、こうして信頼できる外部の方に聞いているんです」

こんなに早く切り出したら前置きの意味がなかったような気がするが、もともと腹芸のできない風花だから仕方がない。結局、単刀直入に聞いた。

「鈴木優斗さんが退職した理由をご存じありませんか？」

何秒かの間があった。風花が黙って返事を待っていると、いくらか表情を曇らせて言った。

「いろいろあったみたいだよ」

言葉を濁そうとしていた。余計なことをしゃべらないのは客商売の基本だが、風花は食い下がった。

「教えていただけませんか？」

「教えるって言うほど知っているわけじゃないから」

及び腰だった。風花には、彼女が悪い話を知っている証拠のように思えた。

「それでもいいですから、お願いします。わたし、社長なのに何も知らなくて、すごく困っているんです」

頭を下げると、生花店の主はようやく教えてくれた。

「本当かどうか知らないけど、岩清水さんが優斗くんに腹を立てて、クビにしたって噂を聞いたことがあるよ」

翌日、風花は会社に行き、いろいろ躊躇《ためら》った結果、岩清水から話を聞いてみることにした。

「あの……。岩清水さん、会議室まで来ていただけますか？」

遠慮がちに声をかけた。父の代から経理を担当している年上の男性なので、それなりに気を使う。

「何ですか？」

岩清水は、訝《いぶか》しげな顔をしながら会議室に来てくれた。

メモリアルホール谷中の会議室は、会社の規模から考えるとかなり広い。学校の教室くらいあるだろうか。終活のセミナーや説明会を開くためだ。そこで岩清水と二人きりになった。

風花が言いよどんでいると、岩清水が面倒くさそうに言った。

「こう見えても、お嬢さんと違って忙しいんですよね。用事があるんなら早く言ってくださいな」

挑発するような、いつもの物言いだ。風花はカチンと来る。ベテラン社員に気を使っていたが、遠慮をかなぐり捨てた。

「鈴木優斗さんを解雇した理由を教えてください」

「理由って……」

岩清水は、とたんに戸惑った。普段、態度が大きいくせに、鈴木優斗の名前を聞いた瞬間、落ち着かない顔になった。風花には、疚《やま》しいところがある証拠のように思えた。

鈴木優斗はメモリアルホール谷中に勤務していて、しかも、くろねこのおやつを申し込んでいる。それにもかかわらず葬式は他社でやったという。何か事情があるとしか思えなかった。

「書類上は、『会社都合』となっています。つまり、鈴木優斗さんの意思で辞めたわけではないんですよね。当時、会社側にどんな都合があったんですか？　岩清水さんが処理した案件ですよね。『岩清水』って、ちゃんと判子が押してあります」

退職には、会社都合と自己都合がある。自己都合退職は、労働者自身の意思で退職することだ。転職や結婚、出産、介護などがあげられる。

会社都合退職は、会社側の都合で労働者を解雇したり、退職勧奨したりして退職させることだ。人員整理によるリストラや、労働者の能力不足や業務態度不良による解雇が代表的な例だろう。この場合、従業員は会社の都合で離職するため、退職金や解雇予告手当などの給付が期待できる。また、失業保険の支給対象になる可能性も高く、一定期間の安定した収入が保障される。

「メモリアルホール谷中で、正社員の人員整理を行ったことはなかったはずです。すると、鈴木優斗さんを解雇した理由がわかりません。お答えいただけますか？」

風花に問い詰められて開き直ったのだろう。岩清水が投げやりな口調になり、面倒くさそうに質問に答えた。

「仕事にならないから解雇したんですよ。使えない社員を整理するのは、当たり前のことでしょう」

十月は、葬式が増え始める月だ。寒くなると、体温調節のために心臓や肺などの働きが活発になり、血圧や血糖値が上昇し、また、免疫力も低下するため、風邪やインフルエンザなどの感染症にかかりやすい状態になる。そのため、高齢者や持病のある人は、寒さによる体調不良で亡くなるケースが多くなるという。

そうでなくとも、日本は多死社会に差しかかろうとしていて、葬式の数が増加傾向にある。火葬場の予約も埋まっていて、遺体を安置したまま、一週間以上も、葬式を待ってもらうケースも珍しくない。

メモリアルホール谷中も忙しかった。葬式の設営だけでなく、打ち合わせなどで外出している時間が長い。介護施設に招かれて、終活の話をする用事まであった。それに加えて、地元紙やメディアからの取材の申し込みも最近増えていて、宣伝になるので受けなければならない。

岩清水と話す時間を作れないまま、くろねこのお茶会の当日になった。その日は友引だったので、急ぎの仕事はなかった。友引を休みにする火葬場や葬儀会社も多く、岩清水も休みを取っている。くろねこのお茶会に出席するためだろう。

風花が会社でそわそわしていると、的場が話しかけてきた。

「気になるのなら、カフェに行ってみればいい。おまえの勤務時間は終わってるんだろ？　景を手伝ってやれ」

気になっていることを否定しても仕方がないので、素直に頷《うなず》き、「うん。行ってみる」と答えた。兄には邪魔にされるだろうが。

残業をなるべく避けるのは、会社の方針でもある。社長自身が仕事もないのに残っていては、社員に示しが付かない。

「それじゃあ、あとはよろしく」

風花は、的場を始めとする遅番の社員たちに声をかけて、くろねこカフェに向かうことにした。お茶会を手伝うという名目で参加するつもりだった。

○

くろねこカフェは、メモリアルホール谷中から歩いていける距離にある。学生時代に運動をやっていた風花の足なら、十分もかからず辿り着く。

早くもお茶会を知らせる黒猫を模したプレートが、店の前に出ていた。

くろねこカフェ
本日は貸し切りです。

くろねこのお茶会が開催されるときは、他の客を入れないことになっているので、カフェにいるのは兄だけだった。

「来たのか」

店に入るなり景に聞かれたが、意外そうな顔はしていない。的場から連絡があったのか、あるいは風花が来ることを予想していたのか。

「来ちゃ悪い？」

「散らかさないかぎり悪くない」

「その言い方。気の利いたことを言ったつもり？」

「いや、散らかさないでくれと頼んでいるつもりだ」

言い合っているようだが、喧嘩《けんか》しているわけではない。きょうだいの会話なんて、こんなものだ。一緒に暮らしていても、ほとんど話さない日もある。ただ、今日は岩清水のパワハラのことを話しておきたかった。

「今日のお茶会だけど」風花は勝手に話し始める。

鈴木優斗が元社員だったこと、それから生花店の主《あるじ》から聞いた情報を話すと、景が静かな声で応じた。

「パワハラだな」

「やっぱり、そうよね。景兄もそう思うよね」

風花は勢い込んで言った。兄と意見が合うのは珍しい。景は、千里眼かと思うほど鋭いところがある。これはもはや疑惑ではなく、パワハラ決定だろう。

「岩清水さんにも困ったものよね」

さらなる同意を求めて言ったのだが、帰ってきたのは意外な言葉だった。

「困ったのは、おまえのほうだ」

「え？」

驚いて聞き返すと、景が説教を始める。

「おれみたいな部外者にする話じゃない。社長として失格だ」

「部外者って――」

「違うのか？」

「……違わないけど」

改めて問われると反論できない。確かに、兄はメモリアルホール谷中の社員ではない。いくら家族でも話すべきではなかった。

たとえ今日のお茶会に関係することでも、個人情報を社外の人間に話してはならないのは当たり前だ。

風花は反省するが、兄の説教はそれだけで終わらなかった。

「それから、パワハラと言ったのは岩清水さんのことじゃない。おまえのやっていることのほうが問題だ」

「わたし？　わたしがパワハラをやっているってこと？　ええと……誰に？」

怒るより戸惑いながら問い返した。話の流れからすると岩清水にパワハラを働いたと言いたいのだろうが、それはあり得ない。控え目に言って、いじめられているのは風花のほうだ。

自分で言っておいて、景はこっちを見ようともしない。神経質にテーブルや椅子の位置を直しながら、素っ気なく答えた。

「だったらいい。おれも犯行現場を見たわけじゃないからな。何も知らないくせに、余計なことを言って悪かった」

謝られたが、腑《ふ》に落ちない。犯行現場と言うあたり、本当に悪いと思っていない印象を受けた。風花は、ここで退《ひ》くタイプではない。

「景兄、言いたいことがあるなら聞くけど」とドスを利かせて言ったときだ。

りんとドアに付けてある呼び鈴の音が鳴り、あの男の声が聞こえてきた。

「こんにちは」

岩清水だ。掛け時計を見ると、あと三十分ほどで、くろねこのお茶会が始まる時間だった。

「いらっしゃいませ。お待ちしておりました。お越しいただき、ありがとうございます。早速ですが、窓際の席にどうぞ」

営業モードで兄は挨拶《あいさつ》する。立て板に水の口調だ。

岩清水は風花をちらりと見てから、景に返事をする。

「はいはい。窓際ですな」

他人を――風花をバカにしているような口調に聞こえた。もともと、そういう顔なのかもしれないが、薄笑いが浮かんでいる。

この男が風花を軽んじるのは、今に始まったことじゃない。仕事中も「社長」ではなく、「お嬢さん」と呼ぶ。立派なセクハラである。

本当に腹立たしい。首根っこを摑《つか》んで問い詰めてやりたいところだけど、ここは会社ではないし、これから、くろねこのお茶会が始まるのだから、騒ぎを起こすわけにはいかない。

そんなこんなを黙って耐えていると、新たな来客を知らせる呼び鈴が鳴り、ふたたび入り口の扉が開いた。

「遅くなりました」

六十歳手前くらいの女性が言った。高そうなスーツを着ていて、大型のノートパソコンが入りそうなサイズの黒革の鞄《かばん》を持っている。いかにも仕事ができそうな雰囲気の持ち主だ。

「お待ちしておりました」

景がそう言ったということは、今日のお茶会の参加者だ。『本日貸し切り』のプレートを見ずにカフェに入ってきた一般客ではない。

風花の予想の答え合わせをするように、岩清水が立ち上がり、深々と頭を下げた。言葉を発しなかったが、この女性と面識があるらしい。

初対面は、風花だけみたいだ。とりあえず挨拶をしようとしたが、女性に先を越された。

「鈴木優斗の母親の悦子《えつこ》です。メモリアルホール谷中さまには、お世話になりました。本日はよろしくお願いいたします」

丁寧に頭を下げてから、風花に名刺を差し出してきた。恐縮しながら慌てて両手で名刺を受け取り、息を呑《の》んだ。『弁護士』と書かれていたからだ。

○

「なるべく、しゃべるな。できるだけ、じっとしていろ。絶対に、椅子やテーブルに触るな」

くろねこカフェを手伝うに当たって、景に言われた言葉である。キッチンに入っただけで、あからさまに嫌な顔をする。以前、ほんの少しだけカフェを散らかしたことがあったからか、風花を信用していないのだ。

けれど、今日はしゃべれと言われても、上手《うま》く話す自信がなかった。職業に貴賤《きせん》はないし、相手のステイタスで態度を変えるのは恥ずかしいと思うけれど、『弁護士』という文字の衝撃は小さくなかった。

しかも、風花でも知っている大手法律事務所の役員だった。訴えられる、と狼狽《うろた》えたのは仕方のないことだろう。

もちろん誰が相手だろうと、身内にどんな人間がいようと、パワハラは許されるものではない。

だけど、やっぱり弁護士の名刺を見てしまうと、相手が悪すぎるという思いは拭《ぬぐ》えない。岩清水一人の問題では済まなくなる予感があった。

場合によっては、メモリアルホール谷中自体が責任を問われる。父の作った会社が、消滅してしまうことになりかねない事態だ。

いや、パワハラを防げなかったのだから、責任を取るのは当然だ。そのころはまだ自分は入社していなかったが、そんなことは言い訳にならない。法人の代表者としての責任から逃れることはできない。

ただ、どう責任を取ればいいかが問題だった。仮に鈴木優斗の死因が自殺だったら、お茶会の招待状が届いた以上、岩清水のパワハラと無関係だとは考えにくい。会社を畳んで謝ったところで、死んでしまった人間は帰ってこない。人の命の重さは、謝って済むほど軽いものではないのだから。

「窓際の席をご用意いたしました。こちらへどうぞ」景が岩清水のいるテーブルに案内する。

いつものことだが、兄は涼しい顔をしている。目の前の状況が見えていないかのような態度だ。

「失礼いたします」

悦子が硬い口調で言って、岩清水の斜め前に座った。そして鞄を開けると、風呂敷《ふろしき》に包まれている何かを取り出した。平べったい箱のような形をしている。

その包みが解かれる前から、風花は中身がわかった。見慣れた大きさだったからである。胸の鼓動が激しくなり、自分の周囲の空気が薄くなったような息苦しさを感じる。

優しい手つきで、悦子が風呂敷を解いた。出てきたのは、四つ切りサイズの写真だった。そこには、風花と同い年くらいの痩《や》せた青年が写っていた。軽く笑みを浮かべている。

悦子はその写真をテーブルに立て、全員に紹介するように言う。

「息子の優斗です。遺影を持って参りました」

岩清水は返事をしなかった。凍りついたように青年の遺影を見ている。今にも逃げ出しそうな顔をしていた。

風花は、どうしたらいいのかわからなかった。かける言葉も見当たらない。岩清水と同じような、逃げ出しそうな顔になっていたことだろう。

そんな中、景はいつもと変わらない。遺影に挨拶するようにお辞儀してから、岩清水と悦子にこう言った。

「それでは、ご注文いただいたおやつをお持ちします」

この日、風花はキッチンに入っていない。だから、鈴木優斗が注文したおやつの正体を知らなかった。聞けば教えてくれたかもしれないが、パワハラ疑惑で頭がいっぱいだった。

鈴木優斗は、たぶん岩清水にいじめられて、会社を追われた。そして死に、くろねこのお茶会に岩清水を招待した。普通に考えれば、岩清水への抗議の気持ちがこもったおやつをリクエストしたはずだ。

「手伝わなくていい」「キッチンに入るな」「邪魔にならないところにいろ」と釘《くぎ》を刺されているので、風花は店内の壁際に立っていた。岩清水に話しかけるつもりはなく、悦子に話しかける勇気もなかった。その二人も黙っている。

掛け時計の秒針の音が聞こえる。おもちゃのように見える黒猫の形をした掛け時計だが、もう十年は時を刻んでいる。遅れることなく、人間に時間を教えてくれる。

くろねこカフェは静かだった。けれど、静寂は三分と続かなかった。

「お待たせいたしました」

兄が戻ってきた。あらかじめ準備をしてあったのだろう。お盆におやつらしき皿を載せている。

決められたルートを歩くような足取りで、岩清水と悦子の座るテーブルに歩いていき、おやつの載った皿を置いた。その刹那《せつな》、風花の目が点になった。

「……何これ？」

景の運んできた物体を見ながら呟《つぶや》いた。黙っていろと言われたが、風花は聞いてしまった。でも誰でも質問すると思う。

テーブルに置かれたのは、ベーコンだった。それもチョコレートがかかっている。カリカリに焼いたベーコンが、チョコレートでコーティングされていた。生まれて初めて見る食べ物だった。

啞然《あぜん》としていると、景が問い返してきた。

「何だと思う？」

「ええと、特殊な料理？　何か宗教的な意味がある系の？」

自分でも意味のわからない返事をすると、吹き出した者がいた。なんと、悦子が口を押さえて笑っていた。それも嫌みのない笑い方だった。

「ええと……」

風花は戸惑った。謎のスイーツは出てくるし、故人の母親は笑い出すしで、意味がわからない。

「特殊な料理って、どんな料理だ」

兄がため息をついてから、テーブルに置いた謎のおやつの説明を始めた。

「ベーコンのチョコレートがけは、アメリカ・コロラド州の名物です」

客を意識しているらしく丁寧な口調になったが、知らないのは風花だけなのだから自分に対する言葉だろう。

「ええ？　本当にあるの？」

「アメリカ人のベーコン愛から生まれたスイーツだと言われていて、観光案内でも紹介されているほどです」

「へえ」

風花は感心する。世界は広い、と改めて思った。想像さえできないようなスイーツが存在しているのだ。ベーコンにチョコレートをかけたものが、観光案内で紹介されるほどの名物になるのだから驚く。

けれど、まっとうなおやつだとすると、岩清水に振る舞う意味がわからない。パワハラの告発をするために呼んだのではなかったのか。

風花は首をひねりながら、ベーコンのチョコレートがけから岩清水に視線を移動させた。

そして、ぎょっとする。あの岩清水が、泣いていたのだ。鈴木優斗へのパワハラを働いた自責の念に苛《さいな》まれているのかと思ったが、すぐに違うということがわかった。

「おれより先に死ぬなって言ったのに……」

ぼろぼろと涙をこぼしながら、岩清水は言った。

この男は何を言っているんだ？　とうとう、おかしくなってしまったのかもしれない。風花はそう思ったが、泣き出したのは岩清水だけではなかった。

「がんばったんです。あの子、最後まで生きることを諦《あきら》めませんでした。治療も投げ出さず、生きようとしていました」

悦子がハンカチで目頭を押さえている。それから、嗚咽《おえつ》の交じった声で、岩清水に頭を下げた。

「みんな、岩清水さんのおかげです」

「ちょ、ちょっと待って！　待ってください！」

風花は思わず叫んでしまった。チョコレートのかかったベーコンは出てくるし、意地の悪い岩清水が泣き出すし、故人の母親がその岩清水に感謝しているし――もう、わけがわからない。

悦子がふたたび口を開いた。風花が何も事情を知らないのだとわかったらしく、こんなふうに言った。

「岩清水さんのおかげで、あの子は夢を叶《かな》えることができたんです」

○

夢は見るものではなく叶えるもの。

昔からある言葉だ。多くの有名人、例えば、アップルの創業者のジョブズや成功したスポーツ選手も同種の言葉を言っているし、その言葉を自分が考えたかのように披露する大人もいる。

残酷な言葉だ、と悦子は思う。多くの格言がそうであるように、成功者の後付けだ。夢を叶えられなかった人間を踏み台にして、自分の才能や努力を自慢しているように思えるのだった。

すべての人間が成功するように、世の中はできていない。成功者の椅子が無限にあるわけではないのだから当然だ。

スポーツの世界なら体格で左右されるだろうし、満足に教育を受けることのできない家庭だってある。さらに言えば、恵まれた家に生まれた上に努力を重ねても、結果の出ない者などいくらでも存在する。

そして、夢を叶えるために努力することすら難しい人間がいる。例えば、悦子の息子のように。

優斗は、生まれつき心臓に欠陥があった。それ以外の臓器も丈夫とは言いがたく、物心つかないうちに、「この子は、大人にはなれないかもしれません」と医者に言われたほどだ。

幼稚園にも小中学校にも、ろくに通うことができなかった。入退院を繰り返し、何度も何度も手術を受けた。手術するたびに、優斗の身体に傷が増えていった。傷ついたのは、身体だけではないだろう。

話が前後するが、優斗の家には父親がいなかった。悦子が未婚の母親というわけではなく離婚していた。

悦子が夫と知り合ったのは大学生のころで、当時の司法試験合格を目指した仲間でもあった。弁護士になって、弱い者のために生涯をかけたいと理想を話した。夫のほうが優秀で、そして理想に燃えていた。

　今以上に、弁護士になるための試験は難関だった。二人とも在学中には受からず、アルバイトをしながら勉強した。いつのころからか恋人同士になり、部屋代を節約するために一緒に暮らし始めた。

　その一年後に結婚を申し込まれて籍を入れたが、式は挙げていない。合格してから挙げようと話して決めた。

　いや、違う。そう決めたのは彼だ。悦子はウエディングドレスに憧《あこが》れがあった。故郷の両親に花嫁姿を見せたかった。

「弁護士同士の結婚式のほうが、かっこいいじゃん。みんなに自慢できる」彼は言った。

　納得できない気持ちはあったけれど、生活に余裕がなかったのは事実だ。花嫁衣装を着るのだって、お金がかかる。だから、彼と結婚式を挙げることを励みに勉強に打ち込んだ。

　悦子が合格するまで四年かかった。そのあいだに、彼は司法試験を諦め、大学受験予備校の講師になった。

　口が達者な上に、まだ若く、見映えがよかったからだろう。それなりに人気があったようだが、看板講師になるほどではなかった。

今から三十年前の当時も、人気のある予備校講師はテレビに出ることもあったが、夫は呼ばれなかった。そのことが気に入らなかったらしく、家で他講師の悪口をよく言っていた。

「あいつは生徒に媚《こ》びてるんだ。授業が上手《うま》いわけじゃない。予備校のお偉方にも、媚びているしな」

自分のほうが優れていると言いたいのだろう。聞き苦しいと思いはしたが、悦子は何も言わなかった。

そんなふうに夫婦ともに十分な収入を得られるようになっても、結婚式は挙げなかった。彼の口から、その話は一度も出なかった。結婚式のことをおぼえていたのは、悦子だけだったのかもしれない。

結婚式を挙げたいと言わなかったのは、ぐずぐずしているあいだに両親が鬼籍に入ったからだ。親孝行はできなかった。

悦子が妊娠したのは、弁護士になってからだ。すでに今の法律事務所に勤めていた。当時としては、子育てに理解のある職場で、生まれた子どもの身体が弱いと言うと、勤務時間などを配慮してくれた。

悦子が稼ぐ弁護士だったということもあるだろう。注目の若手女性弁護士として、雑誌やテレビのインタビューをいくつも受けた。そのころの悦子の年収は、夫の五倍もあった。

だから、ある日突然、夫が出ていっても暮らすことができた。悦子が傷ついて泣くだけで済んだ。

彼は弱い人だった。負けることを怖がり、戦いもせずに、いろいろなものから逃げ出す癖があった。司法試験からも、結婚生活からも逃げ出した。戦わなければ負けることがない、と本気で信じていた。自分の人生に言い訳できることを、何より大切にする人だった。

予備校講師としての人気が落ちていることを、悦子は知っていた。そろそろ逃げ出す頃合いだと思っていた。

数日後に離婚届が送られてきた。手紙もメモも付いていなかった。ただ返信用の封筒に新住所が書かれていたけれど――これ見よがしに書いてあったけれど、悦子は見ないようにした。

もう涙はあふれてこない。元夫に連絡するつもりもない。自分の人生に彼は必要ない。

離婚届に判子を押して投函《とうかん》した。それ以後、彼とのやり取りはない。風の噂で、生徒と関係を持って予備校講師をクビになったと聞きはしたが、もはや、どうでもいいことだった。

夫がいなくなっても、時間の流れは変わらない。医者の予言は外れ、優斗は大人になった。

だが身体は弱いままだった。よくなるどころか、子どものころより発作を起こすことが増えた。長生きしてほしいと思いはするが、その反面、これ以上苦しんでほしくないとも思った。

その気持ちが、優斗に伝わっていたのかもしれない。伝わってしまっていたのかもしれない。

「お母さん、ごめんね」

発作を起こすたびに、入院するたびに、手術を受けるたびに、優斗は悦子に謝った。申し訳なさそうに泣くときもあった。

そんな我が子が愛《いと》しくて、悲しかった。学校に行けず、友達も恋人もできないままベッドに横たわっている。せめて、わがままを言ってほしくて、優斗の体調がいいときを見計らって聞いた。

「何かほしいものある？　どこか行きたいところがあったら言って」

最初、優斗は返事をしなかった。考えているというより、自分の希望を口にすることを躊躇《ためら》っているように見えた。

「遠慮しなくていいのよ。お母さん、これでも稼いでいるんだから」

冗談めかして言うと、優斗は少し笑ってから、ようやく口を開き、遠慮がちにわがままを言ってくれた。

「働いてみたい……。会社に行って、みんなと仕事をしてみたい……」

○

「三十年も弁護士をやっていると、自然と顔が広くなります。息子を雇ってくれそうな会社も、いくつか思い浮かびました」悦子は続ける。

彼女の所属している弁護士事務所は、多くの企業で顧問を務めている。事情を話せば、受け入れてくれる会社はありそうだ。ひねくれた見方かもしれないが、イメージアップにつながると考える企業もあるだろう。

「でも、どこでもいいというわけではありません」毅然《きぜん》とした口調で悦子は言う。

それはそうだ、と風花は思う。信用できる人間でなければ、病気の我が子を預けることはできない。当然のことだ。

「学歴も職歴もない病弱な息子を雇ってもらおうって言うんですから、自分勝手な話ですよね」

今度は、自嘲《じちょう》するように言った。弁護士としての立場を利用したことを言っているようだが、コネ入社など珍しくないし、病気の息子の願いを叶《かな》えたいという母親の気持ちは理解できた。

だから風花は黙っていた。景も口を挟まない。悦子も返事を期待していなかったようだ。

「そこで、谷中さん——お二人のお父さまにお願いしたんです。優斗を使ってやってくださいって」

ここまでは予想できたことだ。父はメモリアルホール谷中の創業者だが、苦労人でもあった。何度も挫《くじ》けそうになりながら、努力に努力を重ねた。父は、良心的な葬儀会社を作ることを人生の目標にした。赤字を抱えても信念を変えなかった。

その甲斐《かい》あって会社は軌道に乗り、地元の人々からの信用を得ることができた。仕事以外の相談も受けていたようだ。母の経営する喫茶店で、地元の人たちの悩みごとを聞く姿を何度も見ていた。

悦子が父に相談したのはわかるし、父がその頼みを引き受けたことも想像できる。だが、その先の展開がおかしい。絶対におかしい。

「谷中さんは、『そういうことなら、うちにぴったりの社員がいます。そいつの部下にしましょう』とおっしゃってくださいました」悦子が言った。

「ぴったりの社員って、まさか……」

これは過去に起こったことで、風花はその答えを知っているのに聞いてしまった。その社員が目の前にいるのに、質問してしまった。

悦子は小さく頷《うなず》き、男の名前を口にする。

「ええ。岩清水さんです。優斗はメモリアルホール谷中の一員になり、岩清水さんの部下にしていただきました」

ずっと一緒に暮らしていても、親の考えていることはわからない。男親だからだろうか？

優斗の一件にかぎらず、父はなぜか岩清水を高く評価していた。メモリアルホール谷中を作るときに、最初に引っ張ってきたのが岩清水だった。それまで地元の信用金庫に勤めていたらしい。

数字には強いが、それだけに思えた。初めて会ったときから、風花は岩清水によい印象がなかった。だが父は口癖のように言っていた。

「岩清水は、うちの会社の良心だ。あの男がいるかぎり、メモリアルホール谷中が道

男自体が道を踏み外しているように思えて仕方がなかった。

風花は、いまだに意味がわからない。会社の良心とは、いったい何だろう？　あの男自体が道を踏み外しているように思えて仕方がなかった。


風花が首を傾けているあいだも、悦子の話は続いた。

「最初は、とんでもない人が上司になったと思いました。優斗の病気のことを知っているはずなのに、とても厳しかったんです」

優斗の言葉遣いから立ち振る舞い、髪型や服装まで厳しく指導したという。風花の知っている嫌みな岩清水そのままだ。病気と闘っている人間にやることではない。いじめだ。

「もちろん優斗の身体は気遣ってくださいました。デスクワークにしてくださいましたし、体調が悪いときは早退させていただきました」

フォローのつもりか、悦子はそんなことを言った。病気であることを承知の上で入社させたのだから当たり前である。問題はそこではない。

「岩清水さんに叱られた日、家に帰ってきてから落ち込んでいました。一言もしゃべらないときがあったほどです」

そうだろう、と風花は頷く。あの男はネチネチとしていて、しつこい。風花などは、岩清水の声を聞くだけでストレスになる。

　ましてや優斗は学校に行っておらず、他人と接した経験が少ない。叱られたことも多くはないはずだ。

「そんなに叱らなくてもいいのに、と思いました」悦子は続ける。

「ですよね」風花は同意する。

　その傍らで、自分のことを言われているのに岩清水は黙っている。遺影から視線を外さず、ずっと泣いていた。

「お恥ずかしい話ですが、優斗のことが心配で、あの子には何も言わずにメモリアルホール谷中に行ったんです」

　そして、悦子は岩清水に会い、「叱らないでやってほしい」と頼んだという。病弱な子どもを持つ母親としては当然だ。風花が悦子の立場だったら、岩清水を殴っていたかもしれない。

　岩清水にも、子どもがいるはずだ。親の気持ちがわからないはずはない。それなのに——。

「断られました」

「え？　どうしてですか？」

　風花が問いかけた相手は、もちろん岩清水だ。この疑問に答える義務がある。過去の出来事だろうと、もう終わってしまったことだろうと、勤務時間中にメモリアルホール谷中で起こったことなのだから。

だが、岩清水は答えない。優斗の写真を見て泣き続けている。無視しているのではなく、風花の声が耳に入っていないようだ。顔を上げようとさえしない。

嘘泣きには見えないが、自分の行いを反省して泣いているようにも見えない。ただ、優斗の死を悼んでいる。職業柄、他人の涙をよく見ることが多い。いくら風花が鈍くても、岩清水が心の底から悲しんでいることはわかる。

腑《ふ》に落ちなかった。優斗をいじめていた岩清水が悲しんでいる理由がわからない。

風花が眉根《まゆね》を寄せていると、兄が話しかけてきた。

「まだわからないのか？」

今日は、やけに言葉をかけてくる。客がいるときは無視することも多いのに、風花を相手にしている。優斗がメモリアルホール谷中の社員だったこともあって、風花を関係者だと思っているのかもしれない。

「景兄にはわかるの？」

「わからないほうが、どうかしている」

兄という生き物は、息を吐くように失礼なことを言う。妹を何だと思っているのだろうか？

だが、ここできょうだい喧嘩《げんか》を始めても仕方がないので、風花は腹立ちを抑えて素直に聞き返した。

「何がどうなってるの？」

「岩清水さんは、優斗さんの気持ちがわかっていたんだ。どこかの誰かと違って、ちゃんと理解していた」

「え……？」

「優斗さんは、同情されることなんて望んでいなかった。お荷物扱いされたくなかったはずだ」

「同情とかお荷物扱いじゃなくて――」

「優しさだとでも言いたいのか？」

兄の声が鋭くなった。ふいに風花は、兄が姿を消そうとしていたときのことを思い出した。

手術を受けたあと、周囲の人間――特に風花に面倒を見られるのを嫌がり、一人で生きていこうとした。生まれ育った袖ケ浦の町を離れて、風花のいない町に行こうとした。

ぎりぎりのところで戻っては来たけれど、今でも風花は不安に襲われるときがある。いつの日か姿を消してしまいそうな気がするのだ。葬儀会社をやっているとわかることだが、人は簡単にいなくなる。

「望んでいない優しさなんて迷惑だ。同情もされたくない。自分がお荷物だってことを思い知らされる」

口調がさらに激しくなった。明らかに、兄は自分の感情をコントロールできていなかった。

この状況はおかしい。

兄の様子がおかしい。

風花に向けてしゃべっているとはいえ、他に客もいるのに激している。さっきからカフェの主人という立場を忘れているみたいだ。風花が関係者だというだけでは説明できない。

普段の兄は憎たらしいほど冷静で、常連相手でもこんな話し方はしない。もしかすると、体調が悪いのかもしれない。風花は、そう思った。

手術は成功したとはいえ、後遺症が残っているみたいだし、再発の危険もあると言われている。脳はデリケートなところだから、どこにどんな後遺症が現れるかわからないともいう。

身体に不調があると、感情のコントロールがむずかしくなるものだ。そう思うと、薄茶色の眼鏡が気になってくる。視力の低下を補うために、こんな眼鏡をかける場合がある。

「……景兄、大丈夫？」

声を落として聞くと、景がはっとした顔になった。自分が激していたことに気づかなかったようだ。兄にしては珍しく、決まり悪そうな顔になり、悦子に頭を下げた。

「申し訳ありませんでした」

「いいんですよ。だって、おっしゃる通りだったんですから。母親なのに、わたしは優斗の気持ちをわかっていなかった」

悦子はそう前置きしてから、我が子の話を再開した。それは、たいていの人間の一生と同じように、ハッピーエンドで終わらないとわかっている物語だった。最後に何が訪れるかは決まっている。

○

会社に入ろうと、優斗の病気が治ったわけではない。どんなに体調がよくても、定期的に病院に行く必要があった。仕事を休まなければならない日や、出勤する前に病院で診察を受けなければならない日もある。

優斗が子どもだったころは付き添っていたが、ある時期から「一人で行ける」と言うようになった。忙しい母親に気を使っているのかもしれない。

この日も、優斗は一人で出かけていった。会社には、遅刻していくと連絡してあった。

悦子は我が子を見送ってから、メモリアルホール谷中に足を運んだ。もちろん岩清水に文句を言うためだ。

事前に連絡をしてあったこともあり、岩清水と二人で話すことができた。悦子は挨《あい》拶《さつ》もそこそこに切り出した。

「優斗を叱らないでいただけますか？」

「それはできません」

岩清水は答えた。弁護士である悦子を前にしても、毅《き》然《ぜん》とした態度を崩さない。臆《おく》することなく、まっすぐにこっちを見ている。

「病気のことは承知しておりますが、特別扱いするつもりはありません。そんな真似をしたら、優斗くんに失礼です」

「でも、これでは嫌な思い出になってしまいます」

我が子の落ち込む顔を見たくなかった。病気で苦しんでいる上に、会社で辛《つら》い目に遭わせたくなかった。せめて、少しのあいだだけでも笑っていてほしかった。夢を見させてあげてほしかった。

けれど岩清水は頑として聞き入れない。彼には信念があった。その信念に基づいて、優斗を指導していた。

「職場は思い出を作る場所ではありません。今後の人生に役立てる知識と経験を手に入れるところだと思っています」

——今後の人生。

その言葉に頬を打たれた気がした。長生きしてほしいと言いながら、どこかで諦《あきら》めていた。我が子の今後の人生を、優斗の将来を考えていなかった。未来のことを考えていなかった。

自分が恥ずかしくなった。誰よりも、優斗の人生を、将来を考えるべき立場なのに、「甘やかしてくれ」と頼みに来ているのだからバカ親にもほどがある。病気と闘いながら会社に通おうとする優斗にも失礼だ。

「すみませんでした。優斗をお願いします」

岩清水に頭を下げて、何度も何度も謝ってから、息子が出社する前に帰った。だから優斗は、悦子が会社に苦情を言いに行ったことを知らない。悦子は話さなかったし、岩清水も黙っていてくれた。

結論から言えば、岩清水は正しかった。優斗は特別扱いされることを望んでいなかった。

叱られて落ち込んでいることもあったけれど、なぜ自分が叱られたか考え、検討し、反省した。岩清水に言われたことをメモに取り、それを机に広げて考え込んでいる姿も珍しくなかった。本気で社会人になろうとしていたのだ。

また、会社での出来事を悦子に話してくれた。「親に心配をかけるやつは、一人前じゃない」と岩清水に言われたようだ。

それからは、会社で叱られて落ち込んでいるときに黙り込むのではなく、悦子に相談するようになった。だから、どんなふうに会社で叱られたのかも知っている。

岩清水は厳しい男だったけれど、叱る基準は明確で、感情的に声を荒らげることはなかった。ベテラン弁護士である悦子が感心するくらい理論的だった。

優斗がわからないことを聞くと、答えを言うのではなく、調べ方を丁寧に教えてくれるという。たいしたことのないように見えるが、中々できることではない。答えを言うより、ずっと手間がかかる。岩清水は面倒がらずに、それを優斗にやってくれたのだ。

あるとき、優斗がこんな台詞《せりふ》を呟《つぶや》いた。

「お父さんって、あんな人のことを言うのかなあ」

悦子に言ったのではなく、ただの独り言のようだった。けれどその言葉は、いつまでも耳に残った。悦子の心に残っている。

優斗は、父親を知らずに育った子どもだ。

葬儀会社の仕事は楽ではない。優斗の仕事はデスクワーク中心だったようだが、それでも何度か倒れた。会社で倒れたこともある。通勤途中でベンチに座り込んでしまったこともあった。

「無理しないで、少し休んだら」悦子は何度も言った。

「そうだね」優斗はそう言いながら、倒れても立ち上がり会社に行った。尊敬できる上司の下で働いている姿は幸せそうだった。

この時間が永遠に続いてほしい、と悦子は願った。けれど続かなかった。働くことのできた時間は、半年あまりしか続かなかった。

ある朝、優斗は発作を起こした。激しい胸の痛みに襲われて気を失い、そのまま救急車で病院に運ばれて、緊急手術を受けることになった。

「よくがんばりました。優斗くんは根性がある」

手術のあと、執刀医に言われた。手術は成功した。だが、そこには「とりあえず」という言葉が付く。どうにか一命は取り留めたものの、意識は戻らなかった。眠ったまま、一日がすぎ、二日がすぎ、三日がすぎた。

日を追うごとに、医師の表情が険しくなっていった。そして、このまま目を覚まさない可能性もあります、と告げられた。

「優斗くんの名前を呼んであげてください。話しかけてあげてください。手術は成功しています。あとは、本人の生きたいという気持ち次第です」

そう言われて、目の前が真っ暗になった。だが絶望している場合ではない。今は優斗の名前を呼ばなければならない。目覚めるよう話しかけなければならない。

息子を助けたかった。

意識を取り戻してほしかった。

生きたい、と優斗に思ってほしかった。

でも声が出ない。優斗が死んでしまうかもしれないことが怖かった。ずっと昔から覚悟していたはずなのに、いざとなると身体が震える。怖くて怖くて逃げ出したくなった。

このとき初めて、別れた夫の気持ちがわかった。怖いことを見ないようにして生きていきたいと思った。

悦子が逃げ出さずに済んだのは、岩清水が駆けつけてくれたからだ。誰かにすがりたくて、岩清水に電話をして事情を話した。優斗が死んでしまう、と話した。

病室に飛び込んでくるなり、岩清水は叫んだ。

「優斗、しっかりしろ！　岩清水だ！　岩清水が、見舞いにきたぞ！　目を開けろ！　開けるんだ！」

壁の厚い個室だったから、大声を出しても咎《とが》められることはない。岩清水の声が、悦子の頭の奥にも響いた。

奇跡を起こすのは、いつだって人間の優しさなのかもしれない。熱い気持ちなのかもしれない。

それまで怖くて声を出せなかったのに、急に力が湧いてきた。岩清水の声を聞いて、悦子は正気に戻った。暗い影を追い払うように、臆病《おくびょう》な自分を殴りつけるように、悦子も叫んだ。

「優斗、岩清水さんよっ！　岩清水さんが来てくれたのよっ！　岩清水さんに、ちゃんと挨拶しなさいっ！　あなたは社会人なんだからっ！」

「そうだ！　挨拶くらいしろ！」

二人で叫んだ。喉《のど》が嗄《か》れるほど叫んだ。しかし優斗は目を開けない。顔色は真っ白で、ぴくりとも動かなかった。

力尽きたように岩清水が口を閉じ、悦子も黙った。病室に沈黙が訪れた。聞こえてくるのは、優斗の命を守ってくれている機械の音だけだ。

涙があふれた。悦子だけでなく、岩清水も泣いている。二人の涙が、優斗の顔にかかったのかもしれない。

今度こそ、奇跡が起こった。それまで何を言っても反応しなかった優斗の瞼《まぶた》が開いた。眩《まぶ》しそうに目を瞬《しばた》かせながら、言葉を発した。

「……岩清水さん？」

少し掠《かす》れているけれど、しっかりした声だった。寝坊して起きたばかりみたいな顔をしている。

「優斗、おまえ……」

岩清水が言葉に詰まるようにして言うと、我が子がはっとした顔になった。そして決まり悪そうに謝った。

「おれ、遅刻しちゃいました。すみません」

半年が経過した。

そのあいだ、優斗は休職扱いになっていた。会社に行くどころか、ずっと退院できずにいる。

忙しいだろうに、社長を筆頭にメモリアルホール谷中の同僚たちが、何度もお見舞いに来てくれた。

一人か二人でパラパラと来ることもあれば、ほぼ社員全員で顔を出すこともあった。そんなときは賑《にぎ》やかだ。

「優斗がいないと、岩清水が元気ないんだよ」

社長の言葉に他の社員たちが反応する。

「そんなの、当たり前ですよ。おれだって寂しいですもん」

「本当よ。女子社員は全員寂しがっているわ。優斗くんは、我が社のイケメン枠なんだから」

「イケメン枠？　おれじゃないのか？」

「社長は、おっさん枠ですよ」

笑いが弾《はじ》けた。優斗もベッドに横たわったまま微笑んでいる。岩清水は何も言わずに、そんな優斗を慈しむように見守っていた。

優斗、よかったね。

悦子は声に出さず、息子に語りかけた。ずっと友達のいなかった我が子に、笑い合える仲間ができたことが嬉《うれ》しかった。メモリアルホール谷中に入社できて、本当によかった。

嬉しいことがあれば、悲しいこともある。どうしようもなく悲しいことがある。

ある日、岩清水が黒革の書類鞄《かばん》と大きな紙袋を持って、一人で病室にやって来た。会社の業務で来たのだった。

悦子と優斗に挨拶《あいさつ》を済ませると、鞄の中から書類を取り出し、ベッド脇のテーブルに置いた。そして静かに言った。

「病気が治るまで勤務は無理だと判断しました。申し訳ありませんが、いったん退職ということになります」

こうなることは、わかっていた。半年がすぎ、休職扱いできる期間が終わったのだった。会社都合の退職となっていた。

「……今まで、ありがとうございました」優斗が言葉を押し出した。

立って歩くことができないのだから、働けるわけがない。優斗がいちばんわかっているだろう。

ただ、本人は会社に戻りたがっていた。もう一度、岩清水と働きたいと願いながら、病気と闘っていた。

けれど解雇されてしまった。もう、岩清水と働くことはできない。悔しくて寂しくて悲しいに決まっている。優斗は涙を流し始めた。声を殺して、唇を噛《か》み締めるようにして泣いた。

そんな我が子が不憫《ふびん》だったが、かける言葉が見つからない。駄目な母親は何も言えない。

やがて優斗が涙を拭《ぬぐ》いながら、おどけた口調で言った。

「おれ、もう終わっちゃったのかなぁ」

息子の精いっぱいの冗談だった。外で遊ぶことのできなかった優斗は、子どものころから映画をよく見ていた。その中でも青春映画が大好きで、今の言葉は北野武《きたのたけし》監督の名作『キッズ・リターン』に登場するものを意識しているのだろう。

悦子の若いころと違い、優斗たちの世代はネットで映画を見るので、時代に関係なく好きなものを好きだと言う。もしかすると、岩清水でも知っていそうな古い映画を選んだのかもしれない。

だが、岩清水は『キッズ・リターン』の名台詞を知らなかったのか、真面目な顔で言葉を返した。

「元気になったら、また一緒に働こう。もちろん、うちの会社が嫌だったら、よそで働いてもいい」

声に優しさがこもっていた。会社都合の退職は、退職金や失業保険などの面で自己都合退職よりも優遇されている。岩清水やメモリアルホール谷中の社長がそう取り計らってくれたのだろう。

映画の名台詞で涙を誤魔化そうとした優斗が、ふたたび大粒の涙を流し始めた。それから、子どもみたいに泣きながら聞いた。

「嫌なわけないじゃないですか。こんなポンコツなのに、もう終わっちゃってるのに、雇ってくれるんですか?」

岩清水は真面目なだけの人間ではなかった。ちゃんと『キッズ・リターン』を知っていた。その映画に出てくる、あの台詞で息子を励ましてくれた。

「バカヤロー、まだ始まっちゃいねえよ」

実のところ、優斗はあまり目が見えていなかった。病気のせいで、視力のほとんどを失っていた。岩清水も、そのことを知っている。だから退職手続きの書類に書いてあることを口頭で丁寧に説明してくれた。

そうして退職手続きを終えたあと、岩清水がふと思い出したように言い出した。

「おっと、これを渡すのを忘れていました」

書類鞄と一緒に持ってきた紙袋を掲げて見せた。お見舞いを持ってきてくれたようだ。

悦子や優斗がお礼を言う暇も与えず、岩清水が自慢するように続ける。

「日本では、あまり見かけないお菓子です。優斗に食べてもらいたくて、取り寄せました」

優斗は食事制限を課されていなかった。好きなものを食べさせてあげてください、と医者に言われている。

その意味は明白だったが、悦子は気づかないふりをしていた。ただ美味《おい》しいものを食べさせてあげたくて、デパートや専門店でいろいろな食べ物を買った。

でも優斗はほとんど食べない。病院で出される食事にもあまり手を付けず、点滴だけで生きているような状態だった。

けれど岩清水が持ってきたお菓子には、興味を惹《ひ》かれたようだ。悦子にねだるように聞いてきた。

「……食べてもいい？」

まだ中身を確認していないのに、嫌いな食べ物だって多いのに、そんなことを言い出した。大好きな岩清水と一緒に食べたいのだろう。今の優斗にとっての夢なのかもしれない。

世の中には叶《かな》わない夢がある。それでも優斗を応援すると決めていた。母親ができるのは、それくらいだ。

「お母さんにもくれるんだったら、いいわよ」

無理やり笑顔を作って答えた。でも岩清水みたいに上手に笑えなかった。笑ったつもりなのに視界が滲《にじ》んでいる。ぽたぽたと涙が悦子の膝《ひざ》に落ち続けている。

優斗は母親が泣いていることに気づかない。子どもみたいな声で返事をした。

「うん。あげる」

さらに大粒の涙がこぼれる。優斗の声が、消え入りそうなくらい小さかったからだ。本人は、声が出ていないことにも気づいていない。

岩清水も気づかないふりをして、明るい声を出した。

「それじゃあ、みんなで食べますか」

紙袋から箱を取り出し、テーブルに載せて開けた。おどけたように効果音を口真似する。

「じゃーん！」

箱に入っていたのは、なんと、ベーコンにチョコレートをかけたものだった。見間違いかと思ったが、どこをどう見てもベーコンとチョコレートだった。

「ベーコンのチョコレートがけ。アメリカのおやつです」

優斗を驚かせよう、喜ばせようと思って、このお菓子を持ってきてくれたのだろうが、息子の目は焦点が合っていなかった。お菓子に視線を向けようとするが、見えていないことは明らかだった。

それでも優斗は微笑み、岩清水に返事をした。

「すごく……、美味しそう……」

疲れてしまったのか、その声はいっそう小さかったが、とても幸せそうだった。病気で苦しんでいると思えないくらい、幸せそうだ。ベッドから身体を起こすことさえできなくても、優斗は幸せそうだ。

夢が叶った。

働くことができた。

優斗は、そんなふうに思ったのかもしれない。岩清水と出会えたことを喜んでいるのかもしれない。

静かに微笑む我が子の顔は穏やかで、自分の人生が終わることを受け入れているみたいに見えた。

人間なんて生きていること自体が奇跡みたいなものだ。そうだとしたら、もう少しだけ優斗の奇跡が続いてほしかった。

「ああ、旨《うま》いぞ。絶対に旨い」岩清水が言った。

涙をぼろぼろと流している。顔は泣いているのに、声は笑っている。優斗を安心させようと、笑ってくれる。人は、大好きな人間が笑っていると安心するものだということを知っているのだ。

「ベーコンのチョコレートがけを食えば、元気になるからな。おれより長生きできる。

きっと、できる。長生きしなきゃ駄目だ」

岩清水が語りかけるが、優斗は返事をしなかった。ベーコンのチョコレートがけを食べることなく、眠りに落ちていた。

のぞき込むと、楽しい夢を見ているみたいな笑顔を浮かべている。夢の中で、岩清水とベーコンのチョコレートがけを食べているのかもしれない。幸せな夢を見ているのかもしれない。

それから五年間、優斗は病気と闘った。全力で生きた。立って歩くことはできなかったけれど、車椅子で病院の中庭を散歩できるまで回復した時期もあった。

岩清水は、毎日のように病院に顔を出してくれた。優斗の車椅子を押して、散歩に付き合ってくれたこともある。

病院関係者の中には、岩清水と優斗を父子だと勘違いしている人間もいたが、悦子は訂正しなかった。岩清水も否定せず、少し困ったように笑っていた。優しく笑っていた。

最後の散歩の相手をしてくれたのも、岩清水だった。ほんの数ヶ月前、今年の春のことだ。寒くもなく、暑くもない天候だった。心地よく穏やかな風が吹いていて、空には雲一つない。

「桜が咲いたら、また一緒に散歩しようって約束したんです」

このとき、優斗は話すことができなくなっていたが、岩清水の言葉を疑う者はいなかった。ほとんど意識のない優斗を動かすのを無茶だと言う者もいない。

岩清水は、看護師の手を借りて優斗を車椅子に乗せると、病室の外に出ていった。

足音と車椅子の音が遠ざかっていく。

病院の中庭では桜が咲いていて、薄紅色の花びらが舞っている。美しい雪のようだった。

二人だけにしてやりたくて、悦子は病室に残っていた。窓から、中庭を進む息子と岩清水の姿を見ているつもりだ。

この世のすべては儚《はかな》くて、あっという間に、何もかもが通りすぎていく。そして今、優斗もどこか遠くへ行ってしまおうとしている。

もう、治すために病院にいるのではなかった。少しでも苦しまずに済むように処置をしてもらっている。

万が一のときの延命措置は、優斗自身が断った。まだ話すことができたときに、自分の意思を自分の言葉で医師に伝えていた。

たくさん生きることができたから。

すごく幸せな人生だったから。

医者にそう言った。悦子は言葉を挟めなかった。いつまでも生きていてほしいと思いながら、すでに過去形で話している優斗に何も言えなかった。自分は、本当に駄目な母親だ。

優斗を乗せた車椅子が中庭に着いたようだ。中庭を歩く二人の姿が、ぼんやりと霞《かす》んで見える。

車椅子がゆっくり前に進む。岩清水が何かを話しかけているが、優斗は返事をしないし動かない。無視しているのではなく、もう動くことができないのだ。意識があるのかさえわからない。

桜の花びらが、優斗の頭に落ちた。岩清水がそれを取ると、息子が満面に笑みを浮かべた。悦子にはそう見えた。本当に、本当に幸せそうな顔だった。

悦子の目から涙があふれてきた。春の景色が滲んだ。二人の姿をちゃんと見ていたくて、手の甲でそれをぬぐった。

でも、どんなにぬぐっても春は滲んだままだった。

その後も、優斗はがんばった。話すことも動くこともできなくなったが、がんばった。絶対にがんばっていた。

息子が息を引き取ったのは、十月になってすぐのことだった。まだ夏が残っているような暑さの秋の朝、眠るように旅立っていった。

◯

最愛の息子の最期を話し終えたあと、悦子が窓の外に目をやった。誰かの姿をさがすように無人の砂浜を見ていたが、やがて諦《あきら》めたように視線を戻して続けた。遠い昔に起こった出来事を語るように言う。

「優斗が死んだときも、桜が咲いていました。皆さんなら、ご存じですよね。秋にも咲く桜を」

十月桜のことだろう。もちろん知っている。風花は、メモリアルホール谷中に植えられている桜を思い浮かべた。春に咲く桜ほど派手ではないけれど、今も咲いている。ちゃんと咲いている。

「優斗は会社に行くたびに、十月桜を見ていたそうです。大好きで、スマホの待ち受けにしていました」

倒れて入院してからも、病室のベッドで繰り返し見ていたという。目が見えなくなると、スマホの表面に優しく触れていた。

春じゃなくても咲く桜になりたいなあ。

長く生きられないことを自覚していた優斗は、ずいぶん前から樹木葬を希望していた。生まれ変わりを本気で信じていたのかはわからないけれど、ひっそりと咲く十月桜になりたがっていた。

樹木葬とは、墓石の代わりに樹木を墓標にして故人を弔う方法だ。桜や紅葉《もみじ》、花水《ハナミズ》木《キ》などが用いられることが多いが、墓地によって樹木は異なるし、埋葬者の希望を汲《く》んでくれる場合もある。

「メモリアルホール谷中では、樹木葬を扱っていないんだよね。お世話になったのに申し訳ないけど」

優斗は静かな口調で言ってから、こんな言葉も付け加えた。

「会社の人をお葬式に呼ばないでほしいんだ。岩清水さんやみんなの顔を見たら成仏できなくなりそうだから。ずっと一緒にいたくなっちゃうから。その代わり、一回か二回でいいから、お墓参りに来てもらって」

十月桜に生まれ変わった自分を見てほしいのかもしれない。死んじゃったけど終わりじゃない、と伝えたいのかもしれない。

悦子はその希望を聞いた。息子の希望通りにした。だから、優斗は十月桜の下で眠っている。

優斗が眠っている霊園ではないが、袖ケ浦市には、樹木葬の墓苑《ぼえん》で注目を集めている『曹洞宗真光寺』という寺がある。ホームページには、こう書かれている。


遺骨は樹木の下、土の中へと埋葬します。

埋葬された遺骨は、歳月とともに土に還り、その土の上に新たな命、草木が育まれていきます。

そうして、生命と季節が繰り返される中、長い時間をかけて、墓苑は緑豊かな森へと変わっていきます。


たくさんの人間が生まれ、全員が死んでいく。生と死を繰り返しながら、この世界の針は進む。

会ったこともないのに、メモリアルホール谷中で働く青年の姿が、風花の頭に浮かんだ。一生懸命に働いている。必死に生きている。岩清水はそんな優斗を優しく見守っていた。

わたしは、まだまだだ。父の足もとにも及んでいない。本当に、岩清水はメモリアルホール谷中の良心だった。

風花が唇を嚙《か》み締めていると、自分が間違っていた。

「くろねこのおやつをお召し上がりください」

悦子と岩清水だけではなく、兄がしめやかな声で言った。「おまえも食べてみろ」と風花にもすすめてきた。

「いただきます」

風花は遺影に手を合わせ、ベーコンのチョコレートがけを食べた。甘くて、しょっぱくて不思議な味だった。お菓子と言っていいかさえわからない。ただ嚙むと、涙があふれそうになった。

その涙をこらえようと、窓の外に目をやる。すると、桜の花びらが舞っていた。桜なんてどこにもないはずなのに、一枚《ひとひら》の薄紅色の花びらが飛んでいる。

あるいは、優斗がお茶会をのぞきに来たのかもしれない。大好きな岩清水に会いに来たのかもしれない。

ベーコンのチョコレートがけ

ヨーロッパから持ち込まれた豚はアメリカの食文化を形作ってきた。中でもアメリカ人のベーコン愛は強く「Everything tastes better with bacon＝ベーコンと合わせれば何でもおいしくなる」はよく耳にする台詞だ。2000年代に「ベーコンスイーツ」が流行し、その中でチョコレートがけのベーコンも注目され、今ではfair＝見本市やキャンディショップの定番となった。

（誠文堂新光社『アメリカ菓子図鑑　お菓子の由来と作り方』より）

エピローグ

『仕事がきついのに、給料が安すぎる』

これが、契約社員やアルバイトたちがメモリアルホール谷中を辞めていった一番の理由だった。

鈴木優斗のお茶会が終わったあと、風花は退職者を対象に『アンケートのお願い』を送った。もちろん無視する者もいたけれど、だいたい六割強の人間が回答してくれた。

岩清水が厳しすぎることへの不満もあったし、なんと風花の圧が強すぎるというクレームもあった。

悩んだ結果、優斗の母の職場に――弁護士事務所に行き、風花と同世代か少し年上の弁護士を紹介してもらった。事情を話して相談したところ、「この程度なら、おそらくパワハラには該当していない」と言われた。風花の圧が強すぎる件についても、とりあえずは大丈夫みたいだった。

ただ、パワハラやセクハラについては、年々、基準が厳しくなっているし、のちに問題にされることもあるから絶対に安心というわけではないが、風花は自分自身を戒め、それから、岩清水を信じることにした。

「わたしが間違っていたみたい」風花は反省する。社員を信じられないなんて、社長失格だ。

岩清水のことは今でも苦手だし、嫌いなタイプだというのは変わらないが、今回の一件で学んだことがある。

自分の好き嫌いで、他人を疑ってはならない。決めつけはやめよう。叩《たた》くのはやめよう。

苦手な相手でも、大嫌いな相手でも、きっと誰かの大切な人なのだから。

○

早上がりの日は、くろねこカフェに行くことが多い。的場を始めとする同僚たちと一緒にお茶を飲むこともあるが、たいていは風花一人である。

職業柄、各社員の退社時間がバラバラだからだ。例えば今日、的場は風花より早い時間で上がっている。

カフェの仕事を手伝うつもりもなくはないが、仕事が終わったあとに、美味《おい》しいスイーツやコーヒーを楽しみたいという欲求のほうが強かった。

人生には、糖分とカフェインが絶対に必要だ。エナジードリンクではない形で、糖分とカフェインを摂取したかった。

そんな感じで、この日も風花は一人でカフェにやって来た。岩清水のパワハラ疑惑が晴れて、清々《すがすが》しい気持ちだった。

「こんにちは」

店に入り、勝手にテーブル席に座った。もうすぐ閉店だからだろう。風花の他に客はいない。

「何か食べるか？」

いらっしゃいませ、も言わずに兄が聞いてきた。風花は、メニューが書かれている黒板を見て、その料理に気づいた。

クアトロ・フォルマッジ（ピザ）

「これ、大盛りで！」

風花は黒板を指先しながら、大声で注文した。テンションが上がりすぎて、自分でも驚くほど大きな声が出た。

「ピザに大盛りはない。少なくとも、この店ではやっていない」

景が嫌みったらしく答えたが、それでも兄は優しい。ちゃんとオーダーを受けてくれた。

「だが、特別にチーズを多めに載せてやろう」

それから、足もとを確かめるような、ゆっくりとした足取りでキッチンに消えていった。

「やった！」

拳《こぶし》を握って、ガッツポーズを取った。チーズたっぷりのピザは、風花の大好物だった。人生にはチーズが必要だ。

ちなみに、クアトロ・フォルマッジとはイタリア語で「4種のチーズ」という意味である。4種類のチーズを載せたピザを指す。

載せるチーズについては地域や料理人によっても違うが、モッツァレラチーズ、ゴルゴンゾーラチーズ、パルミジャーノ・レッジャーノチーズ、プロヴォローネチーズの4種類を使うことが多いような気がする。とろけた山盛りのチーズに、蜂蜜《はちみつ》をかけて食べるのだ。

袖ケ浦市は酪農が盛んで美味しいチーズが作られている。蜂蜜に至っては、日本いや世界に誇る特産地だ。その両方を載せたピザが不味《まず》かろうはずがない。

じりじりしながら待っていると、チーズの香りを盛大に漂わせながら、兄が戻ってきた。

「くろねこカフェ特製のクアトロ・フォルマッジ、大盛りだ」とピザをテーブルに置いた。

大盛りと言っていいのかわからないが、確かにチーズはたっぷり載っている。蜂蜜は最初からかけてあるのではなく、猫の形をしたピッチャーに入って、ピザに添えられている。好きなように蜂蜜をかけて食べることができるのだ。

「いただきます！」

柏手《かしわで》を打つように両手を合わせた。早速、蜂蜜をたっぷりとかけて、焼き立てのピザを口に運んだ。

蜂蜜が４種類のチーズと絡み合い、口いっぱいに幸せな味が広がった。途方もない美味しさだった。

袖ケ浦市を訪れる人間全員に、このクアトロ・フォルマッジを食べさせてあげたい。いや、全人類に食べさせてあげたい。

ガツガツと食べた。何分もしないうちに完食し、「ごちそうさまでした」と風花は言った。

景がカフェの主《あるじ》になってからハーブティーが人気メニューになっているが、コーヒーが消えたわけではない。

母の淹《い》れたコーヒーは絶品だった。兄も、その味を引き継いでいる。母には及ばないまでも、そこらへんの喫茶店のコーヒーには負けていない。

風花は食後にエスプレッソを注文し、そこに温かいミルクを加えて飲んだ。加えたミルクの量が少ないので、「カフェ・マキアート」ということになるのだろうか。ミルクの量が多い場合、「カフェ・ラテ」と呼ばれることがある。その区別で言うなら、風花はカフェ・マキアートのほうが好きだ。

エスプレッソの苦みとコクが、ミルクと絶妙にマッチしている。身体に染《し》み渡る。仕事の疲れが溶けていくようだ。

大盛りのクアトロ・フォルマッジを食べたこともあって、欠伸《あくび》が出そうになるほど眠かった。元気だけが取り柄だと言われるが、風花だって疲れるときはある。ほっと息をつきたくなるときがある。

このまま昼寝していこうかと思いかけたとき、兄が爆弾を投下した。

「引っ越すことにした」

「え？」

風花は聞き返した。突然すぎて、何の話が始まったのかわからなかった。でも、一気に目が覚めた。

「引っ越し？　誰が？　どこに？」

「おれが引っ越す。マンションを出て、ここで暮らす」

「ここって、くろねこカフェのこと？」

「そうだ」兄は頷《うなず》いた。

もともと、このカフェは母の家だった。だから、改装した今でも暮らせるだけの設備はある。台所やトイレは言うまでもなく、浴室や寝室もあった。風花が昼寝していこうかと思ったのも、それだけの場所があるからだ。

「おれが使っても問題なかろう」

「問題あるでしょ。一人暮らしなんて……。倒れでもしたら、どうするのよ」風花は反対する。

手術が成功しているとはいえ、完全に治ったわけではないのだ。再発しなくても、後遺症の心配だってある。誰がどう考えたって、一人暮らしは無茶だ。命を縮めることになりかねない。

最近、様子がおかしいと思っていたら、そんなことを企《たくら》んでいたのか。やっぱり、体調が悪いのかもしれない。袖ケ浦市を出ていこうとしたときと同じように、また風花に迷惑をかけたくないと思っているのだ。

改めて、景のかけている薄茶色の眼鏡を見る。以前にも思ったことだが、ファッションのためにかけているのではなさそうだ。いくら風花が物知らずでも、この眼鏡の意味くらいはわかる。

悔しかった。自分が頼りないから、景は無理をするのだと思った。病気だということも、手術を受けるということも話してくれなかった。自分の不甲斐《ふがい》なさに唇を噛《か》んでいると、兄がふたたび爆弾を落とした。

「誰が一人暮らしをすると言った？」

風花は息を呑《の》んだ。一瞬、頭の中が真っ白になったが、どうにか聞き返した。

「そ、そ……それは、ええと……。も……もしかして、ここで、くろねこカフェで誰かと暮らすってこと？」

「まあ、そういうことだ」

「誰と？」

「話すと長くなる」

景が意味ありげに返事をした。風花は、兄に恋人がいるのだと思った。同性かもしれないが、たぶん異性だ。同棲《どうせい》生活を始めるつもりなのだ。

独身の成人男性が何をしようと自由だが、ここは母の思い出の場所だ。にわかには賛成できない。

ただ、妹という立場は微妙だ。自分が同居するわけでもないのに、兄が恋人と暮らすのを反対するのはおかしい。一歩間違ったら、兄の恋人に嫉妬《しっと》していると思われかねない。それは不本意だ。断じて、風花はブラコンではない。

「あのさ」

穏便な声を心がけて言った。とりあえず同居する女性の素性だけでも知っておこうと、質問しかけたときだ。新たな登場人物が現れた。

「入るぞ」

声と同時に店のドアが開き、的場が顔を出した。「なんだ、風花もいたのか」と、そんなことを言っている。

いつも荷物が少ない男なのに、大きなバッグを持っている。引っ越してきたようにしか見えなかった。

「そっか。そういうことだったんだ」風花は大きく頷いた。

「そういうことって、どういうことだ？」的場が不思議そうな顔をする。

「景兄と一緒に暮らすんでしょ。ここで」

確信を持って言ったのだが、的場は頷かなかった。無駄に整った顔を顰《しか》めて問い返してくる。

「どうして、そうなるんだ？」

「だって」

話の流れからすれば、景と的場が一緒に暮らすと思うのが自然だ。的場が一緒なら安心だという気持ちもあるし、大声では言えないけれど、女じゃなくて、ほっとしてもいた。

「大きなバッグを持っているから」風花は指摘する。

「これは、おれの荷物じゃない。運んできてやっただけだ」景に荷物を渡した。兄は、無言だった。

「じゃあ、ここで暮らすのは的場さんじゃないってこと？」

「当たり前だ。どうして、おれが景と同居するんだ？　意味がわからん」

風花だって意味がわからない。的場がさらに言う。

「まあ、ときどきは顔を出すつもりでいるが、ふたりの邪魔をするつもりはない。野暮ってもんだからな」

「ふたり……。野暮……」

風花は言葉を噛み締めるように呟《つぶや》き、的場に質問を重ねた。

「ここで一緒に暮らすのは、景兄の彼女なの？」

「ああ、そうだ」

的場は躊躇《ためら》いなく頷いた。そして、大きな荷物を持っている理由が判明する。

「ちょうど今、連れてきたところだ。車にいる」

急展開であった。

「まだ心の準備が」

風花は言ったが、的場も兄も聞いていない。風花を蚊帳《かや》の外に置いて、二人で会話を始めた。

「店に入れてもいいのか？」

「もう閉店だから、大丈夫だろう」

「じゃあ連れてくる」

「ああ、頼む」

的場が外に引き返していく。風花は問うように景を見たが、目を逸《そ》らされてしまった。

嫌な予感が膨れ上がる。風花は、これまで景の交際相手に会ったことがない。どんな女性が現れるのか見当がつかなかったが、目を逸らすということは、普通の女性ではないのかもしれない。

ものすごく年上とか？　あるいは、逆に未成年とか？　いや、未成年を連れ込んだら犯罪である。

考えがまとまらないうちに、入り口のドアが開き、的場が戻ってきた。テーブルの前までやって来て、風花に紹介する。

「景と一緒に暮らす彼女だ」

「か……かのじょ……」

驚きながら呟いた。声が漏れたと言ったほうが近い感じだ。紹介された景の彼女は、なんとケージに入っていたのだ。彼女は、風花の顔を不思議そうに見て、ケージの中から挨拶《あいさつ》をした。

「にゃん」


そうなのだ。人間ではなかった。

的場が連れてきたのは、にゃんであった。雪のように真っ白で、可愛らしい顔をした子猫がケージに入っていた。

「こゆ、だ」

的場が、彼女の名前を教えてくれた。

○

「猫なら猫って言ってくれればいいのに」風花に抗議された。

「猫以外の何だと思っていたんだ？」

景が尋ねると、「それは……」と妹は口ごもった。その様子から、勘違いをしていたようだとわかった。風花は先走りやすい性格だし、景や的場が思わせぶりな言動を取りがちだという事情もあるのかもしれない。

「……何でもないです」風花は肩を竦《すく》める。

的場と頻繁に出かけていたのは、保護猫の譲渡会に出席するためだった。車を運転できない景のために、的場が運転手役を務めてくれた。的場自身も、猫に興味があったようだが。

一度で済まなかったのは、景が病気持ちの独身男性だからだろう。渋い顔をされることが多かった。最終的には、的場に保証人になってもらい、こゆを引き取ることができた。

「ほっとしたら、お腹が空いちゃった」

風花が黒板のメニューを見た。釣られたように、こゆもケージの中から同じほうを見た。しぐさが似ている。

「さっき、大盛りのクアトロ・フォルマッジを食べたばかりだろ」景は指摘した。

「さっきはさっき」

「太るぞ」

「女性にその台詞《せりふ》は、セクハラに当たるから」風花が適当なことを言った。

「それは悪かった」

いつだって、妹には敵《かな》わない。口喧嘩《くちげんか》でも勝った記憶がなかった。的場と二人でやり込められてばかりいる。

それはともかく、二人に食べてもらおうと思っていたスイーツがあった。

「実は、新作がある。味見する気はあるか？」

風花だけでなく、的場にも聞いた。タフガイを気取っているが、この男は甘い物に目がない。舌も肥えている。

「うん。食べる」

「おれももらうとするか」

「にゃん」

こゆまでが返事をした。ケージの中から物欲しそうに景を見ている。人間のスイーツを与えるわけにはいかないので、猫用おやつを持ってきてやろう。すでに買ってあった。

「持ってくるから、座ってろ」

景は一同に声をかけて、キッチンに入った。そしてドアを閉め、風花と的場に気づかれないように息をそっと吐いた。

キッチンにも窓があって、内房の美しい海を見ることができる。その景色に目をやり、遠くを眺めながら胸を撫《な》で下ろす。

――まだ見える。

そう思うことが日課になっていた。医者しか知らないことだが、景の視力は落ち始めていた。病気の後遺症だ。

治る見込みはなく、失われた視力は二度と戻らない。今後、完全に見えなくなる可能性もあるらしい。

アンバーの色眼鏡をかけているのは、少しでも見えやすくするためであり、視力を失いつつある目の不自然な動きを誤魔化すためだった。特に、風花には気づかれたくなかった。

いずれ知られるにしても、今は秘密にしておきたい。マンションを出ようと思ったのも、そのためだ。

一緒にいる時間が長くなれば、それだけ早く気づかれる確率が高くなる。そして、きっと甘えてしまう。妹に甘えてしまう。

風花に目の見えない兄の世話をさせるわけにはいかない。一人で生きることに慣れる必要があった。視力を失っても、妹に頼ることなく生きていきたかった。

手術を受けたばかりのころ袖ケ浦市から出ていこうとしたことがあるが、今回は違う。生きていくためには金を稼ぐ必要があるのだから、くろねこカフェから離れないほうがいい。

ここなら視力を失っても、どうにか働くことができる。突然、何も見えなくなっても大丈夫なように、椅子やテーブルの位置を細かく決めていた。早いうちに、テープなどでマーキングしておくつもりでいる。誰かの助けなしに暮らせないにしても、最小限にしたかった。

目が見えなくなるのは怖いが、負けるつもりはない。逃げるつもりはない。絶対に見えなくなると決まったわけではないのだ。

たとえ見えなくなっても可能なかぎりカフェを続け、くろねこのおやつを作ると決めていた。

この世に生きる者は、いずれ死を迎える。遅かれ早かれ、別れを告げなければならない瞬間が訪れる。

どんなに死にたくなくとも、腕のいい医者に診てもらおうと、最高の治療を受けようと、人は寿命を永遠に延ばすことはできない。大切な人を残して旅立つ者も多いだろう。

景には何もできないけれど、その思いを生者に――大切な人に伝える手伝いはできる。

死にゆく者の悲しみを伝えるだけでなく、優しさや思いやり、愛しているという気持ちを届ける手伝いはできる。視力が失われても、くろねこのおやつを提供することは可能だ。

「景兄、まだなの？」

風花が催促すると、こゆが「にゃあ」と鳴いた。風花に加勢しているみたいに聞こえたのは、きっと景の気のせいだろう。

誰にも、的場にさえ話していないが、「こゆ」という名前は風花にちなんで付けたものだ。

最初は「小雪《こゆき》」と名付けようとした。言うまでもなく、「風花《かざばな》」は雪の異名だ。

小さな風花《かざばな》。

つまり、小さな雪——小雪だ。母の残したカフェで一緒に暮らすのに、ぴったりの名前に思えた。

そのまま「小雪」という名前にしなかったのは、シスコンだと勘違いされたくなかったからだ。自分は、断じてシスコンではないのだし。

「ねえ、まだあ？」

「今、持っていく」

実を言えば、すでにスイーツは作ってあった。今は冷蔵庫に入れてある。それは、白ごまのプリンだった。

退院したとき、風花が作ろうとして大惨事を起こした思い出のおやつでもある。もちろん、あのときのものと違って、ちゃんと食べられるものになっている。名前も付けてある。

白猫こゆのプリン

母が作っていた『黒猫ハルカのプリン』と対になるように名付けた。新しい家族を——こゆを迎え入れた記念でもある。商品として店に出せるものかはわからないけれど、きっと、風花はこの味を気に入るはずだ。袖ケ浦市で採れた蜂蜜《はちみつ》をたっぷり使っている。

「にゃん」

ふたたび、こゆが鳴いた。さっきよりも大きな声で、景を呼んでいるみたいに聞こえる。風花がまた声を上げた。

「もしかして、手が足りない？　手伝おうか？」

不穏だった。今にもキッチンに侵攻してきそうだ。景が返事をするより先に、的場が止めてくれた。

「病み上がりの兄にトドメを刺すのはやめろ」

的を射た言葉だが、風花とこゆは気に入らなかったらしい。

「何その言い方？　どういう意味かしら？」

「にゃ？　にゃ？」

そんな会話がおかしくて、景は誰もいないキッチンで微笑む。そして、大丈夫だと思った。

いずれ何も見えなくなるのかもしれないが、大丈夫だ。まだ猶予はあるだろうし、この世界がなくなるわけじゃないのだから。

それに、優しい声が聞こえなくなるわけじゃない。みんながいなくなるわけじゃない。

　優しい声の仲間になりたくて、景は言葉を返した。

「今から持っていくから、そこから動くな。特に、風花はじっとしていろ。頼むから、キッチンに入らないでくれ」

「だから、どういう意味？」

　妹がドスの利いた声で聞き返してきた。的場は、もう何も言わない。風花に嫌われたくないのだろう。子どものころから、ずっとそうだった。

「何、黙ってるの？　言いたいことがあるなら言えば」風花が的場に絡む。こゆが「にゃ」と妹に加勢するように鳴いた。

　賑《にぎ》やかな会話を聞きながら、景は冷蔵庫からプリンを出した。それをトレーに載せて、妹と友と猫の待つテーブルに向かって歩いた。

　床やテーブルが霞《かす》んで見える。手術を受ける前みたいには見えない。それでも景は足を止めない。歩き続けようと——転んでも立ち上がって歩こうと決めていた。歩き続ける自信があった。

　つまずくことなく窓際のテーブルの前まで歩き、景はいつもの口調で話しかける。大切なひとたちにこう告げる。

「お待たせいたしました。本日のおやつをお持ちいたしました」

するとと風花が立ち上がり、景の手からトレーを受け取った。目が見えなくなりかけているることに気づいているのかもしれない。妹が静かな口調で言った。

「うん。待ってた。わたし、景兄を待ってるから」

クアトロ・フォルマッジ

語源はイタリア語で、イタリアでは「クワットロ・フォルマッジ」と呼ばれています。クアトロは数字の「4」や「4つ」を意味しており、フォルマッジは「チーズ」の複数形を表している言葉です。つまり、クアトロ・フォルマッジとは、イタリア語で「4種のチーズ」という意味を指しています。

イタリアやピザ店では、4種類のチーズが乗せられたピザのことをクアトロ・フォルマッジと呼んでいます。ちなみに、「クアトロ・スタジオニ」と呼ばれるピザもあります。

「スタジオニ」とは、イタリア語で「四季」を指しており、四季折々の食材が乗せられたピザという意味があるといわれています。

（ピザハットウェブサイトより）

謝辞

「くろねこカフェのおやつ」シリーズ第二弾を出版することができたのは、千葉県袖ケ浦市の皆さんにご協力いただいたおかげです。

粕谷《かすや》智浩《ともひろ》袖ケ浦市長を始め、切り絵作家のすがみほこ先生、『しまむらファーム＆ガーデン』の島村《しまむら》富士美《ふじみ》さんには大変お世話になりました。言葉にできないほど感謝しております。

第一弾『くろねこカフェのおやつ　午後三時の蜂蜜トースト』のゲラを読んでいただき、素敵な感想を寄せてくださった皆様にも、お礼を申し上げます。ありがとうございました。

また、今作にかぎったことではありませんが、SNSで見かけた猫さんたちを一部モデルにいたしました。写真などを見せていただき、とても参考になりました。今後ともよろしくお願いいたします。

本書は書き下ろしです。

本作に登場する人物や事件は、作者の想像によるものであり、実在する人物・猫・団体・場所等とは一切関係ありません。

くろねこカフェのおやつ
泣《な》きたい夜《よる》のマロングラッセ
高橋由太《たかはしゆた》

令和6年 5月25日 初版発行

発行者●山下直久

発行●株式会社KADOKAWA
〒102-8177 東京都千代田区富士見2-13-3
電話 0570-002-301（ナビダイヤル）

角川文庫 24171

印刷所●株式会社暁印刷
製本所●本間製本株式会社

表紙画●和田三造

◎本書の無断複製（コピー、スキャン、デジタル化等）並びに無断複製物の譲渡および配信は、著作権法上での例外を除き禁じられています。また、本書を代行業者等の第三者に依頼して複製する行為は、たとえ個人や家庭内での利用であっても一切認められておりません。
◎定価はカバーに表示してあります。

●お問い合わせ
https://www.kadokawa.co.jp/（「お問い合わせ」へお進みください）
※内容によっては、お答えできない場合があります。
※サポートは日本国内のみとさせていただきます。
※Japanese text only

©Yuta Takahashi 2024 Printed in Japan
ISBN 978-4-04-114834-1 C0193

◇◇◇

角川文庫発刊に際して

角川源義

第二次世界大戦の敗北は、軍事力の敗北であった以上に、私たちの若い文化力の敗退であった。私たちの文化が戦争に対して如何に無力であり、単なるあだ花に過ぎなかったかを、私たちは身を以て体験し痛感した。西洋近代文化の摂取にとって、明治以後八十年の歳月は決して短かすぎたとは言えない。にもかかわらず、近代文化の伝統を確立し、自由な批判と柔軟な良識に富む文化層として自らを形成することに私たちは失敗して来た。そしてこれは、各層への文化の普及滲透を任務とする出版人の責任でもあった。

一九四五年以来、私たちは再び振出しに戻り、第一歩から踏み出すことを余儀なくされた。これは大きな不幸ではあるが、反面、これまでの混沌・未熟・歪曲の中にあった我が国の文化に秩序と確たる基礎を齎らすためには絶好の機会でもある。角川書店は、このような祖国の文化的危機にあたり、微力をも顧みず再建の礎石たるべき抱負と決意とをもって出発したが、ここに創立以来の念願を果すべく角川文庫を発刊する。これまで刊行されたあらゆる全集叢書文庫類の長所と短所とを検討し、古今東西の不朽の典籍を、良心的編集のもとに、廉価に、そして書架にふさわしい美本として、多くのひとびとに提供しようとする。しかし私たちは徒らに百科全書的な知識のジレッタントを作ることを目的とせず、あくまで祖国の文化に秩序と再建への道を示し、この文庫を角川書店の栄ある事業として、今後永久に継続発展せしめ、学芸と教養との殿堂として大成せんことを期したい。多くの読書子の愛情ある忠言と支持とによって、この希望と抱負とを完遂せしめられんことを願う。

一九四九年五月三日

黒猫王子の喫茶店

お客様は猫様です

高橋由太

猫と人が紡ぐ、やさしい出会いの物語

就職難にあえぐ崖っぷち女子の胡桃。やっと見つけた職場は美しい西欧風の喫茶店だった。店長はなぜか着物姿の青年。不機嫌そうな美貌に見た目通りの口の悪さ。問題は彼が猫であること⁉　いわく、猫は人の姿になることができ、彼らを相手に店を始めるという。胡桃の頭は痛い。だが猫はとても心やさしい生き物で。胡桃は猫の揉め事に関わっては、毎度お人好しぶりを発揮することに。小江戸川越、猫町事件帖始まります！

角川文庫のキャラクター文芸

ISBN 978-4-04-105578-6

角川文庫
キャラクター小説大賞
～作品募集中～

この時代を切り開く、面白い物語と、
魅力的なキャラクター。両方を兼ねそなえた、
新たなキャラクター・エンタテインメント小説を募集します。

賞／賞金

大賞：100万円

優秀賞：30万円

奨励賞：20万円　読者賞：10万円　等

大賞受賞作は角川文庫から刊行の予定です。

対象

魅力的なキャラクターが活躍する、エンタテインメント小説。ジャンル、年齢、プロアマ不問。ただし、日本語で書かれた商業的に未発表のオリジナル作品に限ります。

詳しくは https://awards.kadobun.jp/character-novels/ まで。

主催／株式会社KADOKAWA

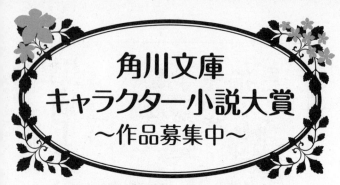